LES SECRETS DE MADAME MAUD

DU MÊME AUTEUR
CHEZ LE MÊME ÉDITEUR

N° 1 : LE MONSTRE D'ORGEVAL
N° 2 : LE CARROUSEL DE LA PLEINE LUNE
N° 3 : L'ABOMINABLE BLOCKHAUS
N° 4 : LES SÉMINAIRES D'AMOUR
N° 5 : LE MARCHÉ AUX ORPHELINES
N° 6 : L'HÉROÏNE EN OR MASSIF
N° 7 : UN CHANTAGE TRÈS SPÉCIAL
N° 8 : LES REQUINS DE L'ÎLE D'AMOUR
N° 9 : LA CITÉ DES DISPARUES
N° 10 : LE CYGNE DE BANGKOK
N° 11 : LA MANTE RELIGIEUSE
N° 12 : LE JEU DU CAVALIER
N° 13 : LA CROISIÈRE INTERDITE
N° 14 : LE HAREM DE MARRAKECH
N° 15 : LA MAISON DES MAUDITES
N° 16 : LA PERMISSION DE MINUIT
N° 17 : LES CAPRICES DE VANESSA
N° 18 : LA VIPÈRE DES CARAÏBES
N° 19 : LE VOYOU DE MONTPARNASSE
N° 20 : LES FILLES DE MONSEIGNEUR
N° 21 : LA NUIT ARABE DE MONACO
N° 22 : LA FERMIÈRE DU VICOMTE
N° 23 : LA PUNITION DE L'AMBASSADEUR
N° 24 : LA SECTE DES AMAZONES
N° 25 : LES SIRÈNES DE L'AUTOROUTE
N° 26 : LE BOUDDHA VIVANT
N° 27 : LA PLANCHETTE BULGARE
N° 28 : LE PRISONNIER DE BEAUBOURG
N° 29 : LES ESCLAVES DE LA NUIT
N° 30 : LES POUPÉES CHINOISES
N° 31 : LES SACRIFIÉES DU SOLEIL
N° 32 : L'EXÉCUTRICE
N° 33 : LA PRÊTRESSE DU PHARAON
N° 34 : UN CANAL ROSE POUR CIBISTES
N° 35 : LES FANATIQUES DE LA VIDÉO
N° 36 : LES ANGES DE PIGALLE
N° 37 : SOSIES SUR MESURE
N° 38 : LA MARQUE DU TAUREAU
N° 39 : L'ÎLE AUX FEMMES
N° 40 : LA CHÂTELAINE DE L'ORDRE NOIR
N° 41 : LA PRINCESSE DES CATACOMBES
N° 42 : LA DISPARUE DE SUNSET BOULEVARD

N° 43 : LE PARFUM DE LA DAME EN GRIS
N° 44 : LES FEMMES MYGALES DE CÔTE-D'IVOIRE
N° 45 : LA DANSE DES COUTEAUX
N° 46 : LES AMANTS DE SINGAPOUR
N° 47 : LA VEUVE DU LAC
N° 48 : LES FANTASMES DU NOTABLE
N° 49 : LA BÊTE DE LUBERON
N° 50 : CARNAVAL À VENISE
N° 51 : LES NUITS BLANCHES DE LA TOUR EIFFEL
N° 52 : LOVE TELEPHONE
N° 53 : GOLF-PARTY
N° 54 : L'ENFER DU COLLECTIONNEUR
N° 55 : LES SOMNAMBULES DU DOCTEUR MARLY
N° 56 : LES ENVOÛTÉES DU MARABOUT
N° 57 : LA TUEUSE D'HOMMES
N° 58 : LA DIVA DU BOIS DE BOULOGNE
N° 59 : LA FOLIE DE BARBE-BLEUE
N° 60 : LE MANIAQUE DU PARKING
N° 61 : LE BATEAU DES FILLES PERDUES
N° 62 : LE DÉMON DU PEEP SHOW
N° 63 : LES CHASSEURS DE MIREILLE
N° 64 : LA PLAGE AUX NYMPHES
N° 65 : NUITS DE CHINE
N° 66 : LA FILIÈRE MEXICAINE

MICHEL BRICE

BRIGADE MONDAINE

LES SECRETS DE MADAME MAUD

Monsieur et Madame BOURGEOIS Patrice
6, Rue Marie Louise Cardin
17230 St OUEN D'AUNIS

PLON

Les dossiers Brigade mondaine de cette collection sont basés sur des éléments absolument authentiques. Toutefois, pour les révéler au public, nous avons dû modifier les notions de temps et de lieu ainsi que les noms des personnages.

Par conséquent, toute ressemblance avec des personnes existantes ou ayant existé serait totalement involontaire et ne relèverait que du hasard...

ISBN : 2-259-01348-1

CHAPITRE PREMIER

Très écarquillés, les yeux cuivrés de Serge Bréval suivaient l'objet en plastique d'un vert à hurler que la fille faisait passer et repasser en tournoyant à quelques centimètres de son visage. Lançant, au gré de ses rotations folles, d'étranges éclairs métalliques.

— Non, pas ça ! Pas tout de suite, bafouilla-t-il d'une voix puérile, qui sortait d'un coffre large, velu comme le torse d'un gorille.

Un contraste à se rouler par terre de rire, cette voix de nouveau-né fusant comme un minuscule ruisselet musical d'un corps de quinquagénaire à qui l'âge venant n'avait pas encore commencé à raboter ses épaules de déménageur, ses triples biceps et ses paluches à écrabouiller comme une mouche un lutteur de Sumo un peu trop agressif.

— Pas tout de suite, recommença-t-il en se tordant sur le lit aux draps pas très frais. Après le talc... S'il te plaît !

Au moindre mouvement du mastodonte humain qu'était Serge Bréval, le sommier hurlait que ça suffisait comme ça.

Il en avait vu d'autres pourtant, le sommier. Des pires sûrement. Aujourd'hui, il n'avait qu'un seul individu à se coltiner, de toute la puissance de ses ressorts qui atteignaient la limite d'âge. La plupart du temps, ils étaient deux à le faire couiner. Ou trois, pour les divertissements triangulaires. Ou quatre. Ou plus. Mais alors ce n'était plus du divertissement, mais de la partouze pure et simple, mieux vaut appeler les choses par leur nom.

En bref, c'était un sommier d'hôtel plutôt borgne. Du genre sordide promis à la démolition prochaine. Un vraiment pourri qui s'accrochait désespérément comme une dent carriée sentant venir l'arrachage imminent. Quatre étages de misère ancestrale, de murs humides, de planchers qui avaient dégénéré en champignonnière. Avec un taulier, en bas, Gégé Clairefontaine, qui faisait de l'ataxie locomotrice. Ça voulait dire que pour attraper vos billets de banque, au moment de régler la chambre, il esquissait toute une série de mouvements dans le style homme-orchestre en train d'essayer d'exécuter tout seul la *Neuvième Symphonie*. Les billets attrapés, ce n'était pas encore gagné ; il les laissait échapper plusieurs fois et terminait en général par terre à essayer de les rassembler du bout de ses doigts tremblants. À part cette affection héréditaire qui s'accompagnait d'une atrophie lente du cervelet, il n'avait rien de très remarquable. Sauf un œil de verre, mais ça c'était un « accident » : le souvenir laissé, quinze ans avant, par un fourgueur de cam, venu le « remercier », à sa sortie de prison, d'avoir été un peu trop bavard avec la Brigade des Stupéfiants... En dehors de ça, Gégé était un homme de culture et même d'érudition, puisque c'était lui qui, quarante ans avant, avait baptisé son établissement l'*Hôtel de la Fontaine à l'Eléphant*. Comme la demi-ruine en question s'élevait à l'angle de la rue de la Roquette et de la place de la Bastille, c'était une allusion limpide à l'éléphant que Napoléon Ier envisagea de faire construire, en 1808, sur l'emplacement de l'ancienne forteresse détruite en 1789. Une fontaine avec un éléphant gigantesque portant une tour.

En général, les clients de *la Fontaine à l'Eléphant* avaient d'autres trucs en tête, quand ils escaladaient les marches croulantes de l'hôtel, à la recherche de leur chambre au bout de couloirs ténébreux, pleins de chausse-trapes rappelant des donjons hantés. Les deux qui étaient montés un quart d'heure auparavant, Serge Bréval, le colosse velu, et une longue femme blonde très maquillée au corps mince serré dans un jean dont on se demandait si elle n'avait pas grandi dedans, ces deux-là n'avaient pas l'air de se préoccuper des curiosités historiques du vieux Paris en voie de disparition. C'était la blonde qui avait inscrit leurs noms sur le registre de l'hôtel. Lequel avait atterri sur le comptoir après les quelques vols planés habituels dus à l'hérédo-ataxie de Gégé Clairefontaine. Elle avait inscrit « Marie Arnoux » et « Frédéric Moreau » (1)... Ce qui est bien, depuis que les fiches hôtelières réglementaires n'existent plus, c'est qu'on peut s'amuser...

Ensuite, ils avaient disparu dans le labyrinthe des étages supérieurs. Ce qu'ils allaient y faire, Gégé s'en inquiétait à peu près autant que de son œil droit... Ce n'était pourtant pas vraiment habituel, ce qui se déroulait entre les murs de la chambre, au quatrième étage, et dont seuls étaient témoins les petits personnages mignards, mais pisseux de la vieille toile de Jouy qui les garnissaient.

Attaché aux montants métalliques du lit, Serge Bréval, cinquante-trois ans, se tordait, nu comme un ver.

Debout devant lui, la blonde avait, probablement par un tour de prestidigitation, quitté son jean. Elle

(1) Héros d'un célèbre roman de Gustave Flaubert, *L'Education sentimentale.*

avait aussi ôté son chemisier grège. Un corset baleiné noir et lacé dans le dos la serrait à l'étouffer. Comme des serpents, des rubans retenaient de longs bas résille noirs. Un slip également noir dessinait un V au-dessus de ses cuisses presque aussi maigres que celles d'un garçon.

Il faisait chaud, très chaud sur Paris. Un peu de sueur avait percé le fond de teint de la jeune femme, sur son front. Le rimmel avait légèrement « bavé » à l'intersection de sa paupière gauche.

Impassible, le visage presque aussi inexpressif qu'un masque, elle faisait descendre et monter un objet vert, tourbillonnant au bout d'une longue ficelle blanche. L'objet descendait et d'une secousse du poignet elle le faisait remonter et le bloquait dans sa paume avant de le projeter à nouveau vers le colosse nu attaché au lit par les poignets, solidement bloqué par des cordes en Térylène, les meilleures, 4 mm de diamètre, lisses et impossibles à rompre.

A chaque fois que l'appareil diabolique descendait vers lui, Serge Bréval avait un sursaut qui le tordait convulsivement et il creusait le ventre comme pour échapper à un danger effrayant. C'était pourtant quelque chose d'aspect bien inoffensif, avec quoi la blonde jouait depuis quelques instants.

Un yoyo. Un banal yoyo d'enfant. Ou plutôt un *roll'in* comme on dit aujourd'hui depuis que la firme Coca-Cola, au terme d'une gigantesque campagne promotionnelle, a remis ce gadget à la mode.

Seulement voilà : la navette du yoyo de la blonde, estampillé « *Sprite* » *(made in Philippines)* avait été légèrement bricolé. Pas dans le sens pacifique et inoffensif qu'on aurait pu imaginer. Quatre lames de rasoir avait été collées à l'intérieur des disques de plastique vert.

Ça faisait quatre petits tranchants qui dépassaient de la navette et scintillaient en tourbillonnant. Quatre arêtes ultra-coupantes qui remontaient en rotation accélérée puis, sous l'impulsion d'un coup de poignet sec de la blonde, redescendaient à toute vitesse. Visant une cible bien précise.

Pas n'importe quel point du corps de Bréval.

Le centre de lui.

Là où se dressait une sorte de massue énorme à la peau foncée que sillonnait une veine violette.

Un sexe viril proportionné au gabarit de mastodonte du quinquagénaire. Un vrai pieu qui suivait les évolutions du yogo meurtrier. Se tendant quand le gadget « amélioré » dégringolait vers lui. Retombant légèrement quand la navette remontait en réenroulant le fil sur son axe.

Une étrange danse de serpent sous les effets d'une flûte charmeuse... De temps en temps, la fille se payait le luxe d'exécuter une figure en l'air, à travers la pièce. Pour rien, pour le plaisir : la « promenade du chien » ou le « tour du monde ». Et même, une fois, le « trèfle à quatre feuilles », un truc que seuls les « pros » réussissent en général. Et puis elle recommençait à viser ce qui faisait de Serge Bréval un homme. Et même un homme très gâté par la nature...

A chaque fois, le *roll'in* stoppait sa course à trois millimètres du membre érigé. Puis il remontait à une allure folle. Bien entendu, la main droite de la blonde était protégée par un épais gant de cuir. Prudence élémentaire, étant donné qu'elle bloquait de temps en temps l'objet dans sa paume, avant de le relancer vers la cible de chair qu'elle scrutait froidement, toujours aussi impassible.

Au bout d'un moment, soit volontairement soit qu'elle eût mal calculé son impulsion, le yoyo effleura le gland brûlant qui se tendait et palpitait. L'une des lames de rasoir entama superficiellement la peau fine et vulnérable. Une minuscule goutte de sang perla sur la muqueuse.

Serge Bréval émit un cri strident.

— Arrête, reprit-il en suppliant. Pas tout de suite, je t'ai dit !

Toujours la même voix puérile de garçonnet qui essaie d'échapper à la fessée paternelle. La blonde ricana.

— D'abord, on me dit « vous », ma grosse truie vicelarde, tu ne te souviens pas ? On dit « vous » à sa maîtresse, c'est dans le contrat !

De ses pectoraux où bouclaient des poils très noirs et que soulevait un souffle de baleine harponnée, Bréval s'arracha une plainte qui ressemblait à un triolet.

— S'il vous plaît, Madame, émit-il. Le talc ! Le talc d'abord !

Le yoyo voltigea en l'air. Trois *loop the loop* à la file. Pour le plaisir. Démonstration de virtuosité.

— C'est mieux, reconnut la blonde. La leçon commence à rentrer.

Sa paume gantée se referma sur le *roll'in* piégé.

— Tu vas l'avoir, ton talc, vilain garçon. Mais après, tu vas me payer très cher, tu sais ?

Serge Bréval, 53 ans, émit un petit grognement porcin. Béat soudain, il se mit à gigoter de ses grosses jambes poilues, en position de nouveau-né qu'on va talquer et qui aime ça.

*
**

Dix-huit heures, en plein mois de juillet caniculaire. Une chaleur annonciatrice d'orage qui pesait comme une mousson sur Paris. Le genre de température à vous mettre les nerfs à fleur de peau pour un rien. Un petit air d'émeute en suspens flottait dans l'atmosphère rendue asphyxiante par les pots d'échappement. Le goudron des chaussées était poisseux comme de la colle en fusion. Et tout le monde avait l'air d'en vouloir à tout le monde parce que c'était l'été, qu'il faisait trop beau et trop chaud pour rester à Paris et que c'était pas juste que d'autres qu'eux soient en train de se dorer sur les plages pendant qu'ils marinaient, eux, dans les effluves des pots d'échappement.

La chambre où Serge Bréval et sa blonde compagne s'adonnaient à des distractions très spéciales, au quatrième étage de l'hôtel de *la Fontaine à l'Eléphant* surplombait la place de la Bastille proprement dite. Les vitres noircies par les pluies grasses de l'hiver précédent étaient grandes ouvertes.

— Mmmm, geignit d'aise Serge Bréval.

Il ne pouvait pas en dire beaucoup plus étant donné que la blonde venait de lui fourrer une tétine en caoutchouc dans la bouche. Un peu plus grosse qu'une tétine ordinaire et attachée par une courroie de cuir qui enfermait la nuque grêlée — une furonculose carabinée d'adolescence — du gros homme.

— Ça ira comme ça, mon bébé ? grinça la jeune femme dont le visage, maintenant, luisait de sueur.

Elle rangea le pot de talc dans son sac et recula d'un pas pour considérer son « œuvre ». C'est-à-dire Bréval, jambes redressées, gigotant comme un nourrisson. Le haut de ses cuisses velues et la toison noire de son pubis couverts d'une fine neige poudreuse qui faisait un étrange contraste avec le reste de son corps au poil très noir et bouclé...

Par-dessus le charivari des moteurs de bagnoles emberlificotées sur la place, en bas, il y eut un coup sourd, comme le premier coup de tonnerre d'un orage de grande envergure. Un coup qui se prolongea longtemps, profondément, comme si on sapait les fondations de la ville.

La jeune femme blonde pivota du buste et des reins, présentant ses fesses soulignées par le slip noir, aux yeux dorés pétillants de Serge Bréval, la bouche toujours en « O » autour de la tétine.

— Bordel, que c'est beau ! s'exclama la jeune femme.

En face, sur la place, à l'angle de la rue de Charenton, c'était en effet un spectacle grandiose.

Un énorme engin de terrassement, une sorte de bulldozer monté sur chenilles et rutilant dans le soleil couchant, s'attaquait avec sauvagerie à un immeuble. Un édifice qui avait porté un nom célèbre, illustre même, dans le monde entier, mais malheureusement ce n'était pas le « vrai ». *La Tour d'Argent* de la place de la Bastille avait été un simple bistrot de quartier au nom un peu trop grand pour lui.

Par-dessus le vacarme, par-dessus le roulement de dizaines de moteurs de voitures mixés et renvoyés aux quatre coins de la place comme par une stéréophonie géante, l'excavatrice rouge provoquait des effets sonores plus profonds et plus sourds à chaque fois qu'elle revenait à la charge et, du bout d'un gigantesque bras articulé fait de câbles et de vérins hydrauliques, défonçait un nouveau pan de la façade ou ravageait l'intérieur de l'immeuble à moitié éventré maintenant. On en apercevait, comme en coupe, les étages et les chambres, les escaliers avec leurs papiers peints à moitié arrachés, un vieux lavabo encore en suspens au bord du vide, une porte qui donnait maintenant sur rien, des tuyauteries contorsionnées dans des postures pas naturelles. On avait vécu, là-dedans, on s'était aimé, on y était mort, on y avait ri ou pleuré... Et puis, maintenant, ce n'était plus qu'une ruine réduite peu à peu à un amas de gravats incohérents.

Toujours immobile à la fenêtre de l'hôtel, la blonde eut un mouvement de nuque pour rebrousser ses boucles en arrière.

« Au boulot, ma vieille, se dit-elle, silencieusement. Tu sais bien que ça doit être terminé le plus vite possible ! »

La blonde qui avait signé « Marie Arnoux » sur le registre du taulier de l'hôtel sourit. Là-bas, à une fenêtre de la rue de Charenton, une femme secouait énergiquement des draps. Sans avoir l'air de se rendre compte qu'elle attrapait au passage une bonne partie de la poussière de plâtre qui voltigeait vers elle en nuages épais qu'ensanglantaient superbement les rayons du soleil dans toute la gloire de son couchant.

La longue créature mince en corset baleiné essuya la sueur qui faisait luire son front et les ailes de son nez.

« Au turf », se répéta-t-elle.

Elle vira à nouveau vers son « esclave » toujours ligoté sur le lit et le considéra d'un regard tout ce qu'il y avait de dépourvu de chaleur.

« Dommage, mon gros Serge, pensa-t-elle. Ça va être ton dernier voyage... »

L'autre gigotait toujours.

« On va te le fignoler, ton dernier voyage, pensa la blonde dans un sursaut de pitié. On n'est pas des monstres... C'est pas parce que ta route s'arrête ici que tu n'as pas droit au septième ciel... »

Un vague sourire s'étira même sur son visage toujours aussi inexpressif. Une sorte d'exploit.

— Alors, petit salopard? fit-elle enfin à voix haute. Tu le sais, que je vais te faire crever, hein? Tu le sais, que l'heure de la grande punition a sonné pour toi?

La bouche distendue par la grosse tétine de caoutchouc, Serge Bréval pétillait de ses yeux d'or écarquillés. Complètement allumé. Fou-dingue de masochisme épanoui et satisfait.

Et complètement inconscient de ce qui se rapprochait de lui...

C'est-à-dire sa mort. Sa mort à lui. Sa mort imminente.

Et pas le simulacre promis par « contrat » avec la blonde, avant de monter ici.

Est-ce que la peur, les menaces et les supplices ne faisaient pas partie du contrat ?

*
**

Si le public savait ce qui se cache bien souvent derrière la façade de respectabilité des grands de ce monde, c'est une révolution par jour qu'il y aurait. Heureusement, la plupart des secrets croustillants des « huiles » de notre société sont mieux gardés que la Banque de France, consignés dans des rapports confidentiels, non signés, rangés dans le coffre-fort du chef de la Brigade Mondaine. Et les bavures sont rares... ou vite étouffées.

Quelqu'un qui aurait eu la bonne idée d'escalader la façade de l'*Hôtel de la Fontaine à l'Eléphant* pour prendre quelques clichés du gros homme velu comme un singe attaché aux montants du lit, une tétine vissée à la bouche et les fesses talquées aurait réalisé le *scoop* du siècle et se serait mis pas mal d'argent dans les poches...

Serge Bréval, en effet, n'était pas du tout un inconnu des media et certains magazines à grand tirage se seraient régalés à révéler la face cachée, plutôt originale, de sa personnalité.

Habituellement, c'est avec un Havane et non une tétine qu'il apparaissait à ses collaborateurs. Quant au talc, difficile de dire s'il en portait ou pas, en temps ordinaire, vu qu'il était quotidiennement vêtu d'un costume trois-pièces strict, anthracite la plupart du temps, mais toujours sur mesure. De chez Dior. Son tailleur une fois pour toutes. La panoplie du parfait P-DG qu'il était.

Récemment, un mensuel, *Réussite sociale*, un très sérieux magazine économico-financier, lui avait consacré un reportage où on analysait sa carrière en long et en large. Avec en prime une sorte de fiche signalétique. On était censé y dévoiler à peu près tout ce qu'il y avait à savoir sur lui : sa taille et son poids d'abord, 1 m 81 et 108 kilos. Sa date de naissance ensuite, 8 mars 1931 à Boulogne-Billancourt. Ses études, Maths sup et Maths spé, diplôme d'ingénieur. Ses hobbies, planche à voile, pêche au gros (espadon), plongée sous-marine, golf à Saint-Nom-la-Bretèche. Langues étrangères parlées : allemand, anglais, italien, espagnol et portugais. Marié. Sans enfants. Sa carrière enfin depuis ses débuts jusqu'à l'ascension à la présidence de Ravel-Garonne, un groupe implanté dans le monde entier, couvrant la chimie de base, l'agro-chimie, la santé, le textile, les films et les systèmes de communication et offrant un éventail de produits allant des médicaments aux plastiques à haute résistance pour les fusées en passant par les herbicides et l'aluminium des pots d'échappement. 51 milliards de chiffre d'affaires annuel, dont 73 % réalisés à l'étranger. Et député au Parlement européen de Strasbourg, par-dessus le marché. Un palmarès plutôt impressionnant par les temps maussades de crise opiniâtre qui continuent à courir.

Malheureusement, le principal manquait, à la « fiche signalétique » de réussite sociale.

Et le principal, bien entendu, c'était les goûts très secrets et très bien cachés de Serge Bréval. Sa face cachée, son jardin infernal et sulfureux... Ses heures volées au bureau, pour assouvir une passion qui avait fini par devenir envahissante au fil des années... Ses cinq-à-sept clandestins entre deux avions, entre un rendez-vous à Marseille et la réunion de telle ou telle sous-commission à Strasbourg.

Superficiellement, on pouvait appeler ça le masochisme, mais ce n'était encore qu'une partie émergée de l'iceberg. Quoi qu'il en soit, un chasseur d'images fouineur qui aurait surpris Bréval sur son grabat pouilleux de la Bastille, poignets ligotés, tétine-bâillon entre les lèvres et fesses talquées, n'aurait rien conclu d'autre. Masochisme, ou encore *algolagnie*, un mot savant qui signifie « plaisir tiré de la douleur »... Le besoin de domination, de châtiments, d'esclavage. Le rêve plus ou moins honteux de s'avilir, de souffrir, d'être réduit à l'impuissance... Tout cela n'avait cessé de grandir chez Bréval, de hanter ses jours et ses nuits. De le traverser, même, pendant certaines réunions de sa multinationale, alors qu'on discutait très sérieusement de la stratégie du groupe en Amérique latine ou en Asie du sud-est. Alors ses lobes d'oreilles se mettaient à virer au rouge et un frémissement nerveux faisait tressauter convulsivement sa pommette droite, juste sous l'œil. Une vision passait, affolante et délicieuse... Des sangles, des chaînes, des garrots... Des talons aiguille qui le piétinaient au rythme accéléré du *Boléro* de Ravel... Les voix de ses collaborateurs ne lui parvenaient plus qu'à travers une brume sanglante. On dit que le masochisme est un phénomène qui remonte aux premières expériences infantiles. Les premières punitions des parents, lesquels sont en même temps source unique de bonheur et de sécurité puisque d'eux vient toute protection et toute chaleur. Serge Bréval le savait, il y avait une part en lui, bien cachée, qui n'arrêtait pas de rechercher ce paradis de l'enfance où sa maman le punissait, mais en même temps le talquait avec de douces caresses. Souvenir inoubliable ! Longtemps refoulé, mais qu'il avait fini par laisser remonter à la surface parce que c'était *sa* vérité et qu'il ne pouvait pas éternellement la brimer.

Ça avait commencé timidement, solitairement. Comme il n'osait pas encore faire appel aux services d'un partenaire vénal et « professionnel », il s'était infligé lui-même ses premières « punitions ». Blessures au couteau, brûlures, demi-strangulations...

Un jour, il avait compris l'utilité d'un partenaire. C'était en plein été. Emma, sa femme, était en vacances dans le Midi, dans l'ancien prieuré qu'ils avaient somptueusement retapé en plein Lubéron. Lui, il était resté à Paris. Un vendredi soir, il était allé mettre une lettre à la poste. Cette lettre, dont l'enveloppe était libellée à son nom, contenait une clé de cadenas. Rentré avenue Charles-Floquet où les domestiques aussi étaient en congé, il s'était enchaîné à un radiateur du hall d'entrée, tout près de la porte, à l'aide du cadenas dont il venait de se poster la clé. Et il avait attendu. Savourant le « châtiment » qu'il s'était infligé. Allongé sur la moquette, nu, grelottant la nuit. La chaîne était juste assez longue pour lui permettre d'atteindre le cabinet de toilette, à droite de la porte d'entrée. Samedi puis dimanche étaient passés. Et lundi aussi. Glissée dans la fente de la porte par la concierge, la lettre contenant la clé du cadenas n'était arrivée que mardi matin et Bréval avait pu enfin se libérer. Sa « punition » était levée.

Elle aurait pu aussi bien durer beaucoup plus longtemps et se terminer très mal. Après tout, le courrier qui se perd, ce n'est pas une légende entretenue pour saper le prestige des PTT...

Mais ce risque-là aussi, Bréval l'avait pris en toute conscience. Et il n'avait fait qu'accroître cette sensation délicieuse d'angoisse qui le fouettait de volupté. Rien que la perspective de crever sur place, mort de soif et de faim parce que la lettre s'était perdue, et retrouvé trois semaines plus tard par Emma rentrant de vacances, rien que cette vision horrible lui mettait les nerfs en feu. Il glissait en somme tranquillement vers la dinguerie parfaite.

Ce n'était même plus rare qu'au bureau, au siège de Ravel-Garonne, à la Défense, en pleine conversation avec un interlocuteur important, il se lève et plante là le visiteur pour aller s'administrer aux toilettes une petite strangulation interrompue juste avant le moment fatal...

Pendant le week-end où il s'était cadenassé, tout nu sur la moquette de l'entrée de son appartement, il avait joui comme jamais auparavant.

Tout de même, un peu après, il avait repensé calmement à cette séance et en avait mesuré enfin les dangers rétrospectifs. Il aurait pu y laisser sa peau, simplement. Et sa peau, malgré toutes les misères qu'il lui faisait subir, il y tenait énormément. Plus qu'à tout ce qu'il possédait, ça va de soi. Plus qu'à ses quatre cents mètres carrés sur le Champ-de-Mars. Son prieuré provençal. Ses voitures. Son avion de tourisme, ses pied-à-terre à Strasbourg, Berlin-Ouest, Athènes et New York. Plus qu'à Emma, sa femme ; mais ça, ça coulait de source, quand on connaissait la réalité de leurs rapports conjugaux.

Peu après, bien sûr, Bréval avait commencé à fréquenter des milieux assez particuliers dans lesquels on peut recruter des tourmenteurs tarifés, de vrais professionnels du supplice bien tempéré. Qui savaient jusqu'où ils pouvaient aller sans mettre en danger la vie de leur victime. Mais en lui faisant suffisamment peur, toutefois, pour que la séance soit vraiment convaincante. Un juste milieu très délicat à trouver entre la souffrance et la mort évitée à chaque fois de quelques secondes, de quelques millimètres. Arrêter un étouffement à temps, libérer une respiration juste avant le moment fatal, interrompre un « dressage » qui devient trop saignant... Tout ça ne s'apprend pas à l'école, malheureusement. C'est sur le tas qu'on devient un expert

« S.M. » (1). Dans toutes les professions, il y a les bons et les médiocres, ceux qui salopent le boulot et ceux qui fignolent.

La blonde avec laquelle il avait passé un « contrat » le matin même, par téléphone, faisait partie du haut de gamme. Le top-niveau. Le grand raffinement. Ravissante, avec sa silhouette affolante de minceur enfantine. Et puis surtout il y avait les yeux. Fixes et presque inexpressifs. Au point d'en être véritablement paniquants.

Le coup du yoyo, c'était une invention à elle. Génial comme début de mise en condition. La petite sphère verte tourbillonnante en direction de son sexe et lançant des éclairs glacés d'acier, scintillante de quatre tranchants des lames de rasoir qui y étaient fixées, c'était une trouvaille à retenir. Est-ce qu'elle avait encore d'autres merveilleux gadgets de ce genre, dans le grand sac de cuir qu'elle avait jeté dans un coin de la chambre, en entrant ? Bréval n'osait pas le lui demander. Pour le moment, à part l'entrée en matière délicieuse du *roll'in* truqué, tout se déroulait comme prévu.

Et Serge Bréval, le P-DG de Ravel-Garonne qui savait comme pas un saquer un collaborateur, faire valser la hiérarchie et régner la terreur, remplacer en deux heures un chef du personnel ou un directeur aux affaires commerciales qui avait cessé de plaire, s'était laissé béatement ligoter, fourrer une tétine dans la bouche et talquer les fesses par sa *Nounou Perverse*...

Nounou Perverse, c'était une des trois ou quatre saynètes que Bréval avait mises au point, au fil des années et des expériences. Il y avait aussi la *Nonne Nymphomane*, l'*Infirmière Sanglante*, la *Femme de Chambre Fouetteuse*. Et ainsi de suite...

(1) Sado-Maso, ou encore, en anglais *Slave-Master* (esclave et maître).

Pour être complètement à l'aise, il lui fallait le sordide absolu. Dans le genre, la toile de Jouy pisseuse des murs de la chambre d'hôtel de la place de la Bastille c'était la perfection. Avec le tonnerre, dehors, de la démolition des immeubles. Tout un monde qui s'écroulait dans la poussière. Un décor grandiose pour sa petite Apocalypse personnelle à lui, Serge Bréval, qui risquait dans ces séances clandestines sa réputation, sa place éminente dans la société, et en somme sa vie.

Quand il se vautrait comme cet après-midi, dans le sketch de la *Nounou Perverse,* Bréval régressait jusqu'au stade infantile. Même sa voix changeait. D'ordinaire il avait un bel organe, une basse qui pouvait aller de la menace à la caresse, à volonté. Là, ce n'était plus que couinements, petits cris suraigus, supplications flûtées. Le genre adolescent en pleine mue. A entendre certains de ses éclats de rire, on aurait dit qu'il abritait brusquement dans son gosier toute une volière d'oiseaux des îles pépiant comme des fous à l'époque des amours.

Un nouveau coup de tonnerre couvrit, en bas, le vacarme des bagnoles embouteillées.

Bréval poussa un cri qui parvint presque à fuser par-delà la tétine. La blonde venait de le cravacher avec sa ceinture de cuir. Aux cuisses d'abord. L'intérieur des cuisses. Puis le torse. A chaque fois, le P-DG de Ravel-Garonne se tordait de douleur sur le sommier grinçant puis, le corps peu à peu écarlate de longues zébrures croisées, retombait avec un soupir bienheureux.

— On doit être à point, maintenant, sale vicieux! murmura la praticienne toujours aussi froidement.

Tout ça faisait partie du contrat. Maintenant la *Nounou Perverse* allait se rapprocher de lui et, constatant qu'il était en érection, l'engloutir dans sa bouche...

Auparavant, le scénario prévoyait qu'elle lui retire sa tétine pour qu'il puisse demander pardon.

— Tu sais ce que je voudrais ? émit-il dès qu'il eut la bouche libérée.

Un nouveau coup de fouet siffla à travers la chambre. Cravaché, Bréval couina comme un rat pris au piège.

— « Vous » ! glapit la prétendue *Nounou* en corset baleiné. On me dit vous ! Tu ne te souviens pas ?

Bréval happa goulûment l'air avant de retrouver son souffle. Ses lèvres tremblotaient.

— S'il vous plaît, je voudrais vous demander une faveur...

Elle se pencha.

— Dis toujours, fit-elle méfiante.

La bouche du P-DG s'arrondit comme celle d'un nouveau-né juste avant l'heure de la tétée.

— Les mouillettes, fit-il, suppliant.

Elle recula.

— Tu bouscules le programme, gros cochon.

Auparavant, il devait y avoir plusieurs esquisses de fellation interrompues juste avant l'explosion de l'orgasme, de façon à porter sa frustration à son maximum. Ensuite, des brûlures de cigarettes autour des seins et sur le ventre... Et seulement après, l'étape des mouillettes.

Bréval tourna la tête vers le rectangle de ciel orangé par le couchant.

— J'ai tellement envie, fit-il comme un môme qui rêve d'un robot électronique fabuleux.

Il ferma les yeux, envahi de vertige.

— Après tout, si ça te chante... souffla la blonde.

Elle pivota sur elle-même, traversa la chambre et s'accroupit près de son grand sac de cuir.

— Au fait, se retourna-t-elle. J'oubliais : évidemment c'est deux mille de mieux, pour les modifications apportées au programme.

Bréval souffla.

— Accordé, lâcha-t-il, déjà au bord de l'extase anticipée.

La blonde farfouillait dans son sac. Elle pouvait bien lui accorder ce petit caprice. Les désirs des condamnés à mort ne sont-ils pas sacrés ?

***

Un pigeon gras au plumage brunâtre couvert de poussière vint se poser en froufroutant des ailes sur le rebord de la fenêtre. L'œil stupidement rond, il se mit à chercher quelque chose à picorer. Parfaitement saugrenu, dans son innocence animale, à deux pas de la scène qui se déroulait maintenant dans la chambre. Bréval nageait dans un brouillard cotonneux. L'extase absolue. Avec des petits cris de surprise, il accueillait chaque mouillette dans sa bouche et l'engloutissait avidement.

Le contrat passé avec la fille blonde comportait cet épisode. Il l'avait simplement fait déplacer. Par pure impatience. Par caprice. Sa tortionnaire, avant de se retrouver devant l'hôtel, avait comme prévu acheté une baguette chez un boulanger. Qu'elle avait découpée en mouillettes. Sur lesquelles, toujours selon le programme établi par Bréval, elle avait étalé non pas du beurre mais de la moutarde extra-forte...

Maintenant, Bréval avalait avec des mines gourmandes les petits morceaux de pain longs et minces qu'on trempe plutôt, normalement, dans les œufs à la coque...

— Il aime ça, mon bébé, jetait la blonde à intervalles réguliers. Il est content, mon bébé.

Le pigeon redécolla du rebord de la fenêtre dans un claquement d'ailes convulsif. Laissant en souvenir quelques petits nuages de poussière qui flottèrent un instant derrière lui.

— Encore une, lâcha Bréval, gorge en feu, les yeux remplis de larmes.

En bas, de l'autre côté de la place, le bulldozer monstrueux grondait, donnant le coup de grâce aux débris de l'immeuble qu'il avait pris pour victime.

Et là-haut, au quatrième étage de l'*Hôtel de la Fontaine à l'Éléphant*, un P-DG de cinquante ans, à la tête du troisième groupe de chimie-pharmacie européen, suçotait avidement ses mouillettes à la moutarde...

La dernière disparut entre ses lèvres.

— Voilà une bonne chose de faite, apprécia la blonde avec un petit sourire.

Elle courut se laver les mains dans le lavabo du fond de la chambre, puis revint vers le lit. Très vite elle détacha le gros homme et le fit se retourner sur le ventre. Serge Bréval se retrouva attaché aux poignets en un tournemain. Mais maintenant il avait le nez écrasé contre le grabat.

— Là, fit-elle, c'est un beau bébé bien talqué !

Elle appliqua une fessée amicale sur la croupe gigantesque du gros homme où bouclait toute une forêt de poils noirs. Elle accélérait le rythme, à présent. Un coup d'œil à sa montre venait de lui dire que la séance aurait déjà dû être terminée depuis au moins dix bonnes minutes. 18 heures 30. Dans une heure, elle avait rendez-vous pour rendre compte de toute l'opération.

— Hé ! fit Bréval en tordant la nuque. Tu... Vous n'allez pas...

Il venait de noter les bouleversements au programme brusquement apportés par la blonde. Normalement, à cet instant du scénario, elle devait lui piquer les fesses avec des aiguilles.

Au lieu de ça, elle lui ouvrait largement les jambes, lui écartait les cuisses, et fixait chacune de ses chevilles à une extrémité des montants du lit, le ficelant solidement avec plusieurs nœuds compliqués.

— C'est moi qui décide maintenant, annonça-t-elle en allant et venant dans son dos, très affairée.

— Non, glapit Bréval, soudain furieux.

Il retrouvait tout à coup sa voix normale. Celle du P-DG qui a habitué ses collaborateurs à une savante alternance de coups de gueule et de flatteries momentanément rassurantes. L'un des secrets du pouvoir. L'ABC de la psychologie des chefs. La douche écossaise perpétuelle.

— C'est moi qui commande ! reprit-il. Je te... Je vous paye et...

— Ta bouche, bébé, ironisa la blonde en lui plantant à nouveau la tétine entre les lèvres.

Bréval essaya encore de se manifester, mais ce ne fut plus que des gargouillis.

— Ça va mieux comme ça, fit la jeune femme. J'ai horreur qu'on me dérange pendant le boulot. Et maintenant, mon pauvre gros, c'est le vrai boulot, le boulot sérieux qui commence.

Elle lorgna la masse velue du P-DG réduit à l'impuissance complète.

— C'est marrant, quand même, siffla-t-elle. Il avait tout ce qu'il lui fallait pour être heureux, et il est allé chercher ses emmerdes !

Elle secoua la tête, presque envahie de pitié.

— On est peu de chose, quand même.

Et dans quelques minutes, il allait être encore moins que ça. Elle soupira et marcha jusqu'au lavabo. Le tube au néon, juste au-dessus, elle l'avait repéré dès leur entrée dans la chambre. L'accessoire indispensable pour la conclusion de la séance. Une conclusion, bien sûr, absolument pas prévue au contrat qu'elle avait passé avec Bréval.

Elle avait amené avec elle, dans son sac, des trucs qui auraient très bien pu remplacer le tube au néon, s'il n'y en avait pas eu. Ou s'il avait été d'une taille trop modeste. Mais est-ce que ça n'était pas mieux comme ça, que l'arme du crime soit fournie directement par la maison ? Les flics n'auraient même pas à gamberger. Ils seraient rencardés d'office sur ce détail si important pour l'enquête. Et puis, comme ça, la piste s'arrêterait là, dans la chambre du meurtre. Aucun risque de la voir se prolonger bêtement à l'extérieur... Elle était minutieuse. C'est à des détails de ce genre qu'on juge les vrais pros. Et c'était une pro. Comme l'avait constaté Bréval avec tant de plaisir. Son seul tort avait été de ne pas deviner en quoi exactement c'était vraiment une pro. Impardonnable erreur du flair pourtant célèbre du P-DG de Ravel-Garonne.

On peut être professionnel de bien des choses, et même du sado-masochisme. Mais il y a encore beaucoup mieux, côté grand frisson. Il y a le meurtre. L'échelon suprême du crime sur commande. La vraie jouissance sadique non simulée.

Tout ce qui s'était passé dans la chambre d'hôtel sordide, jusque-là, c'était finalement de l'ordre du divertissement pour goûter d'enfants, à côté de ce qui allait avoir lieu maintenant. Serge Bréval avait passé des années à jouer avec le feu en attisant ses petites passions malsaines. Mais jamais, au fond (à part l'histoire de la clé qu'il s'était envoyée par la poste) il n'avait pris de vrais risques.

Maintenant c'était l'heure de vérité. Le moment de regarder la mort en face. Pour comble de malchance, Bréval tournait le dos. Bien forcé : ligoté comme il était...

La blonde déboîta de son logement la barre du néon et la soupesa. Du solide. Longue d'au moins soixante-dix centimètres. Elle revint vers le lit.

La sueur graissait son front et les ailes de son nez. La touffeur, sur Paris, était devenue intenable. Le soleil maintenant presque couché laissait derrière lui une lumière cendreuse de fin d'incendie. A l'oreille, on devinait que le bulldozer faisait des heures supplémentaires, se baladant de ses lourdes chenilles sur une montagne de gravats.

— Bye — Bye, Baby! jeta la blonde d'une voix glacée.

D'une main, elle avait rudement ouvert les fesses de Serge Bréval et, brusquement, l'extrémité du tube de néon s'y enfonça.

Sans ménagement aucun, la blonde continua à forcer patiemment. Le massacrant.

Bien entendu, Bréval se cabrait, se tordait, se recroquevillait. Hurlait en vain dans sa tétine-bâillon. Essayait de toutes les façons d'échapper à cette torture absolument pas prévue au programme. Mais il était beaucoup trop bien attaché. La blonde ne sourcillait même pas à chacun de ses soubresauts. Toute à sa besogne, elle continuait à faire disparaître le tube de néon en lui. D'une pesée régulière inexorable.

Il avait cinquante-trois ans, du fric, du pouvoir, une santé éblouissante et la perspective, dans quelques années, d'aller finir ses jours sous n'importe quel soleil tropical, s'il l'avait voulu.

Au lieu de ça il allait crever dans la honte, la souffrance abominable, l'ignominie absolue. Pourquoi? Pourquoi!!!

— Dans l'au-delà, tu auras toute l'éternité pour répondre aux questions que tu te poses, ricana la blonde comme si elle avait pratiqué la transmission de pensée à la façon d'une science exacte.

Elle pesa de tout son poids sur le tube au néon.

— Adios! siffla-t-elle.

Les yeux de Bréval chavirèrent. La pâleur galopait sur son visage de sanglier. Son regard devenait vitreux, tournoyant rapidement, transformant ses globes oculaires en deux billes folles qui, peu à peu, ralentirent.

D'un geste précis, la blonde vérifia les battements

du pouls qui faiblissait rapidement, puis s'arrêta. Bréval venait de succomber à une hémorragie interne foudroyante.

— Une bonne chose de faite, souffla-t-elle en se relevant.

Du beau boulot. C'était façon de parler, bien entendu.

*
**

Calmement elle rangea ses affaires dans son grand sac de cuir. Assez contente d'elle-même. Le plaisir du devoir accompli. Le grand calme après le travail bien fait. Installée devant la glace au tain piqué, au-dessus du minable lavabo de chambre d'hôtel à punaises, elle entreprit de se refaire une beauté. A petits gestes méticuleux et professionnels, eux aussi. Crayon pour le tour des yeux. Epaicils noir. Ombre perlée Topaze. La paupière supérieure fardée de blanc nacré pour éclairer l'œil et intensifier le regard. A la Marlène Dietrich. Une touche de blush corail sur les arcades sourcilières pour se donner bonne mine. La bouche soulignée, très vermillon, le plus en cœur possible. Une touche de rouge plus foncé à l'intérieur de la lèvre inférieure pour donner du volume.

Elle se bloqua un instant. Dans le reflet de la glace, elle avait cru voir bouger Serge Bréval.

Elle se retourna et se rapprocha du lit.

Le P-DG de Ravel-Garonne frémissait effectivement. Des extrémités. Pieds et mains. Mollets aussi. Derniers sursauts nerveux. Comme les canards qui courent encore quelques mètres avec le cou coupé. Comme les décapités, qui, paraît-il, obéissent quand on leur demande, juste après le supplice de fermer un œil puis l'autre.

La jeune femme blonde regagna le lavabo pour y terminer son maquillage. Furieuse, en fin de compte, d'avoir utilisé le tube au néon pour en finir avec le gros homme. C'était malin : maintenant, elle était obligée de se farder presque à l'aveuglette.

Glissée à nouveau par enchantement dans son jean ultra-collant, elle fit un dernier tour du propriétaire. Essuyant un peu partout les éventuelles traces d'empreintes qu'elle aurait pu laisser sur les objets. Ramassant même les miettes de pain, sur le sol et le lit, souvenirs des « mouillettes » qui avaient constitué l'ultime repas — très désiré — du condamné à mort inconscient qu'était Bréval.

Ses yeux glacés tournèrent encore plusieurs fois dans la pièce. Elle avisa le costume anthracite de la victime, sur une chaise. Rapidement, les doigts protégés par un Kleenex pour ne pas laisser d'empreintes, elle s'empara des papiers d'identité, dans le portefeuille, et de l'argent qui se trouvait dans ses poches : 8 000 francs en billets tout froissés... Il n'y avait pas de petites économies. Surtout quand on avait eu une enfance misérable dans un village perdu du Nord-Est de la France, presque à la frontière allemande, une région désertique et boueuse...

Elle se dirigea vers la porte. Pivota encore une fois sur elle-même. Par acquis de conscience. Un ultime examen.

Elle rugit de rage.

Le yoyo ! Le *roll'in* vert piégé aux lames de rasoir ! Il avait roulé sous le lit et elle avait failli l'y oublier. Le genre d'omission qui vous empêche de prendre le soleil pendant une bonne vingtaine d'années... Elle se baissa, s'en empara et l'enfouit dans son sac. Cette fois, elle était certaine d'avoir fait place nette.

— Tchao, mon joli, murmura-t-elle en refermant doucement la porte derrière elle.

***

— Il dort. Ne le réveillez surtout pas avant demain matin, fit-elle, en bas, à Gégé Clairefontaine qui croupissait derrière son comptoir.

Elle cligna de l'œil. Complice. Le taulier fit de même, mais avec son œil de verre il n'avait pas la même agilité que la blonde, et il n'avait jamais su cligner de l'œil gauche.

De toute façon, lui, il s'en foutait si les clients dormaient ou pas. La nuit avait été payée d'avance. C'est tout ce qu'il voulait savoir.

Lorsque la blonde fut sortie, il marcha vers la porte pour la refermer. Le genre d'opération qui, avec son ataxie locomotrice, prenait à chaque fois dix bonnes minutes. Ça ne lui simplifiait pas l'existence.

Dehors, Paris était toujours en feu. Un soir de juillet caniculaire.

La blonde, sur le trottoir face à la colonne de Juillet, cuvait les sensations inoubliables du meurtre, là-haut, dans la chambre sordide. Ventre au bord du spasme. Rien à faire : tuer lui donnait envie de faire l'amour. Est-ce qu'il y avait de la honte à ça ?

CHAPITRE II

Rien de mieux que de se laisser couler les yeux fermés au fond d'un bain chaud rempli de mousse parfumée, pour oublier le monde et ses folies. Ses tordus du ciboulot et ses traquenards vicieux. Surtout quand on vient juste de passer trois nuits blanches à traquer une bande de malades mentaux en train d'essayer de mettre sur pied un réseau de films *snuff*. Le genre de longs métrages qui n'ont aucun espoir d'être jamais choisis pour la compétition du festival de Cannes, mais qui rapportent quand même de jolis paquets de pognon aux salopards qui les tournent et les distribuent dans des cercles très fermés. Pour la bonne raison qu'on y assiste à des meurtres *vrais*, non truqués. Des assassinats parfaitement authentiques et agrémentés de tortures elles aussi fignolées. Des spectacles pour détraqués. Mais qui existent. Plutôt, jusqu'ici, de l'autre côté de l'Atlantique. L'inspecteur divisionnaire Boris Corentin avait même été envoyé à Los Angeles, une fois, pour arracher une petite Française, Mitou Polac, à ce genre de piège dont on ne revient pas vivant (1). Maintenant, voilà qu'on

(1) Voir Brigade Mondaine N° 42, *La Disparue de Sunset Boulevard.*

essayait d'implanter ce genre de monstruosités en Europe, en France même ! Bien sûr, les membres du réseau qu'il surveillait depuis des semaines avaient été coffrés à l'aube, tout à l'heure, au moment même du premier tour de manivelle dans un appartement du Front-de-Seine où une pièce avait été plus ou moins transformée en « salle d'opération » où un « acteur » jouant le chirurgien s'apprêtait à explorer gaiement du bout de son bistouri la ravissante poitrine d'une fille de 18 ans qui avait cru que la chance de sa vie avait sonné, côté cinéma. Et sans anesthésie, *of course.* Rien qu'une épaisse bande de sparadrap sur la bouche pour étouffer ses hurlements de souffrance.

Tout était bien qui finissait bien. Mais Boris ne se faisait pas d'illusions : ce genre de réseau juteux, c'était comme le cancer. On extirpait une tumeur et trois mois plus tard il y avait des nouvelles métastases partout.

Il disparut dans la mousse de son bain, bien décidé à oublier provisoirement l'univers clandestin et infernal qui constituait, somme toute, son univers quotidien.

Il remonta soudain, l'oreille aux aguets à travers le pétillement des bulles imperceptibles qui y éclataient.

— Il y a quelqu'un ? cria-t-il, bousculant la colonne de fumée opaque qui stagnait au-dessus de la baignoire.

Pas de réponse. Il s'apprêtait à replonger.

— Faut pas laisser la porte de son studio ouverte, si tu ne veux pas qu'on débarque dans ta salle de bains sans prévenir !

Il jaillit de la baignoire comme une colossale statue de mousse. A demi aveuglé.

— Qui est-ce ? lança-t-il.

— Mon salaud, reprit la voix, chaude et enveloppante, si tu ne me reconnais pas c'est que tu es bien comme les autres hommes : la reconnaissance du ventre, savent pas ce que c'est ! Crois-en ma vieille expérience !

Des mains, Boris Corentin se ménagea deux hublots dans la mousse pour libérer ses prunelles noires.

— Sarah ! fit-il lentement. C'est toi, Sarah ?

— Une revenante, oui, murmura-t-elle (1). Et ne me dis pas que j'ai changé, sinon je m'en vais !

Il la vit pivoter vers la porte de la salle de bains.

— Dis donc, toujours aussi moche, chez toi ! lança-t-elle. Rien que des vieux meubles des Puces... Mais les murs ont été repeints, ou je me trompe ? Tu t'es enfin décidé à faire des travaux ?

Le studio qu'occupait Boris Corentin, rue de Turbigo, c'était plus que jamais la parfaite carrée de célibataire. Deux fauteuils, une chaîne hi-fi, un grand lit à même le sol, sur le tapis usé. Il ne fermait jamais sa porte à clé. Vieille habitude... Du temps où, quand on n'avait rien de précieux chez soi, on ne risquait pas la visite des voleurs. Maintenant, avec cette nouvelle peste des temps modernes qu'est le cambriolage systématique et permanent, plus personne n'est à l'abri. Même ceux qui ne possèdent que trois meubles en bois blanc et une ampoule nue au plafond.

— J'ai fait repeindre, oui, acquiesça Corentin. Bien forcé... (2) Mais je suppose que tu n'es pas venue, après une si longue absence, rien que pour critiquer ma piaule ?

A l'oreille, Boris retrouva la caresse de son grand rire de gorge habituel.

— Excellente déduction, mon cher Boris, roucoula-t-elle.

Elle se rapprocha de Corentin, toujours debout au

(1) Voir Brigade Mondaine N° 32, *L'Exécutrice.*
(2) Voir Brigade Mondaine N° 45, *La Danse des couteaux.*

milieu de la baignoire. Montagne de blancheur neigeuse qui dégringolait en flocons le long de sa silhouette. Elle se bloqua, retrouvant sous la mousse du bain la superbe tignasse noire et bouclée, le nez régulier aux mâchoires puissantes, les yeux charbonneux pétillants d'intelligence dans des paupières tirées en amandes sur les tempes. Un faux air de faune au teint perpétuellement patiné, même sans bronzage, par qui on rêverait d'être surprise, un soir, jaillissant de derrière un buisson, dans une forêt perdue... Quatre-vingt-cinq kilos de muscles qui avaient autrefois su la faire crier, elle, Sarah, gémir au bord de la syncope. Un mètre quatre-vingt-cinq de charme et de puissance parfaitement maîtrisée. L'athlète complet, quoi. Le type que toutes les femmes voudraient mettre dans leur lit au moins une fois, rien que pour voir.

— Toujours aussi étalon, hein ? fit-elle en poursuivant son examen.

Un roulement de ses hanches larges, dans sa jupe droite en soie imprimée rose et verte, venait de provoquer un commencement de durcissement de quelque chose de musculeux et de volumineux, sous la mousse, au centre du ventre de Boris Corentin.

— On ne se refait pas, hélas, soupira-t-il, faussement modeste.

Elle secoua sa crinière blond vénitien tirant sur le roux et se rapprocha encore, se léchant la lèvre supérieure.

— Je n'étais pas venue exactement pour ça, murmura-t-elle, mais je crois qu'un bon bain de mousse me ferait beaucoup de bien, à moi aussi. Ça ne t'ennuie pas ?

Avant qu'il ait répondu, elle avait ôté son spencer à basques et manches gigot assorti à la robe. Comme autrefois, elle ne portait rien dessous. Sa poitrine tenait parfaitement. Deux masses aux pointes explosives roses et souples.

La jupe voltigea aussi. Et il retrouva son ventre et ses fesses de modèle pour Rubens, mais la cellulite en moins et des muscles de nageuse olympique en plus. Une véritable statue de la féminité, à la chair blanche et ondoyante, où éclatait une épaisse toison cuivrée dont les boucles s'allongeaient vers le nombril, soigneusement épilées sur les aines.

— Dis donc, siffla Boris, non seulement tu n'as pas changé, mais tu es encore mieux que dans mon souvenir...

Elle enjamba la baignoire. Levant peut-être un peu plus haut la cuisse qu'il n'était nécessaire. Histoire de laisser apercevoir, sous les boucles de la fourrure, une longue fente charnelle, qui faisait dans son entre-jambe, comme un puissant et délicieux ourlet rose.

Elle ondula de sa croupe de jument et se retrouva au milieu de la baignoire, soulevant des vagues qui elles-mêmes déchaînaient des séismes de mousse parfumée.

— Moi, j'ai oublié ce que tu savais faire, lâcha-t-elle, fiévreuse. Tu vas me rafraîchir la mémoire, dis ?

Un peu au-dessous des abdominaux, quelque chose de long et de puissant avait crevé la carapace de mousse et se dressait comme une proue.

— Nom d'un chien ! lâcha-t-elle. J'avais oublié que ça existait, des trucs aussi gros que ça !

Sarah plongea en avant, bouche déjà ouverte.

*
**

Tout aurait dû les séparer. Lui, Boris Corentin, inspecteur divisionnaire de la Brigade Mondaine, 36 Quai des Orfèvres. Affecté aux « Affaires Recommandées », la section à coups durs et à enquêtes vraiment très spéciales. Le top du top de la

BSP (1). Quinze ans à courir derrière les obsédés endurcis, les malades du ciboulot, les compliqués du sexe, et à frôler des morts pas jolies-jolies. Et elle, Sarah Labrunie, prostituée de luxe qui avait tapiné un peu sur tous les bitumes de Paris. Du moins, c'est la « profession » qu'elle exerçait deux ans auparavant, quand ils s'étaient perdus de vue.

Oui, tout aurait dû concourir à creuser entre eux un fossé infranchissable. Et c'était le contraire qui s'était passé. Entre le beau flic au physique de jeune premier de cinéma et la pute de luxe taillée comme un Rubens, une sorte d'amitié chaleureuse s'était même créée. Favorisée, il fallait le reconnaître, par l'aide que Sarah avait apportée à Corentin, quand il s'était agi de débrouiller certaines affaires délicates dans des milieux qu'elle connaissait de l'intérieur, ceux de la prostitution (2). Toujours réglo, Sarah, l'informatrice parfaite, sans faiblesse. Incapable de trahir le flic qui savait si bien la faire jouir, en dehors des heures où il était de service.

Et puis, un beau jour, Sarah Labrunie avait disparu. Envolée. Sans explications. Il y avait deux ans de ça.

— Embrasse-moi, fit-elle, la gorge encore secouée de la fellation qu'elle venait de lui administrer.

Elle se tordit dans ses bras, sa langue s'enroulant à la sienne. Pendant que son ventre faisait des reptations savantes contre le membre viril qui battait à hauteur des boucles de son pubis.

— Boris, souffla-t-elle, tu te souviens de ce que je te disais autrefois : si tu avais voulu me maquer...

Elle se haussa sur la pointe des pieds. S'ouvrant un peu des cuisses pour se trouver à la hauteur exacte du pieu de Corentin.

(1) Véritable nom de la Brigade Mondaine : Brigade des Stupéfiants et du Proxénitisme.

(2) Voir Brigade Mondaine N° 32, *L'Exécutrice.*

— Je crois bien que si tu voulais encore, je repiquerais, ajouta-t-elle.

Il la regarda.

— Pourquoi ? Tu as changé de job ?

Elle sourit.

— Un peu. Et même, c'est pour ça que je venais te voir, à l'origine...

Elle s'ouvrit encore un peu à deux mains, et Boris glissa les genoux entre ses cuisses.

— C'est aussi pour ça, je suppose, que tu ne donnais plus signe de vie ?

— Exactement. Depuis deux ans, je me « réinsère », comme on dit.

Elle lâcha un « han ! » convulsif parce que l'inspecteur divisionnaire Corentin venait de la pénétrer de tout son long, genoux un peu fléchis, et remontait en elle, la remplissant totalement.

— Bon Dieu ! rugit-elle. Je te raconterai la suite plus tard ! C'est trop bon pour être gâché par les conneries de la vie !

*
**

Une demi-heure après, ils barbotaient face à face dans l'eau, apaisés, jambes enlacés. Tapotant leurs cigarettes respectives à intervalles réguliers dans le cendrier posé sur le rebord de la baignoire. Gallia pour Boris. Stuyvesant pour Sarah.

— Tu comprends ? fit la jeune femme après un silence. Il faut que tu m'aides.

Elle rejeta un peu de fumée avec un geste voluptueux, souvenir de son ancien *look* de call-girl de la *jet-society*.

— J'ai assez aidé la police, autrefois, s'exclama-t-elle. On pourrait renvoyer les ascenseurs, de temps en temps...

Boris Corentin la regardait, sidéré. Ce qu'elle

venait de lui raconter relevait en réalité du cauchemar.

C'était simple, son histoire. Simple comme la cruauté sans âme de l'administration fiscale. Deux ans avant, Sarah avait décidé de sortir de la prostitution et s'était fait illico déficher. Et avait trouvé un boulot, un vrai : secrétaire trilingue dans une boîte d'informatique. Tournant le dos au passé.

Mais le passé, lui, ne l'oubliait pas. Six mois plus tard, le centre des impôts dont elle dépendait entreprenait ce qu'on appelle une « vérification approfondie de sa situation fiscale ». Convocations, passage au crible de son relevé de compte, de son train de vie et de ses revenus sur les quatre années écoulées. Résultat au bout de six mois de cogitation des services fiscaux : cent dix millions de centimes de redressement, dont quarante millions de pénalité et dix millions de majoration de retard !

Cent dix millions de centimes, ce n'était même plus un chiffre. C'était une pure et simple incitation au suicide. Sarah Labrunie avait décidé de lutter. En s'adressant à une association de défense des contribuables. Où on avait réexaminé son dossier et conclu qu'elle devait à peu près dix fois moins au fisc que ce que celui-ci réclamait. Soit une dizaine de millions anciens. Une jolie somme, c'est vrai, mais pas aussi « homicide » que les cent dix millions exigés par les vampires de la direction des impôts. Un sale coup, mais auquel elle pouvait envisager de survivre... A condition que le fisc accepte ces calculs. Ce qui n'était pas le cas. Huit jours auparavant, Sarah avait été prévenue par sa banque que son compte était saisi ! Sans le moindre avertissement.

— Qu'est-ce qu'ils veulent ? avait-elle conclu après avoir raconté son histoire à Boris. Que je retourne faire la pute ? C'est ça ?

Boris cogitait. N'osant pas lui dire qu'il ne voyait vraiment pas ce qu'il pouvait faire pour elle.

— Et puis flûte ! s'écria-t-elle. J'ai toujours fait des déclarations, quand je tapinais. Mais c'est le genre de job où on ne peut pas réclamer des fiches de paie aux clients !

Elle comprima ses seins entre ses bras.

— En somme, lâcha-t-elle, j'ai le choix entre avaler un tube de somnifères et prendre le premier avion pour l'Amérique du Sud. C'est ça, hein ?

Elle soupira.

— Et tu me dis que tu ne peux rien faire ! Tu n'es qu'un pauvre flic sans pouvoir... N'est-ce pas ?

Le grelottement du téléphone dispensa Boris d'avouer que oui, hélas, il n'était pas de taille dans ce genre d'affaires. Si encore elle lui avait demandé un truc réalisable. Comme par exemple de mettre hors d'état de nuire toute la mafia de New York ou de Palerme... Mais le fisc, c'était beaucoup plus coriace, côté nuisance, que la Mafia des deux continents...

Il dégringola de la baignoire, s'enveloppa d'une serviette-éponge et cavala vers la pièce principale du studio, où le téléphone s'obstinait à gémir.

***

— Je sais, vous récupérez. Vous êtes bien tranquille chez vous et je dérange, ça va de soi. Surtout après l'enquête sur les salauds des films *snuff* bouclée en beauté, je dois avouer. Et vous estimez à juste titre que vous avez bien droit à un peu de repos. Et puis, on est samedi... Enfin, j'ai tout pour déplaire, comme d'habitude...

— A part la dernière phrase évidemment, vous êtes voyant, Patron, rétorqua Boris en s'asseyant en tailleur sur le lit.

L'éternelle voix tabagique du chef de la Brigade

Mondaine, le commissaire divisionnaire Charlie Badolini. Bronchitique nicotinisée même à distance. Blessée encore un peu plus par la séance matinale et quotidienne de quintes de toux, au lever, pendant une bonne demi-heure.

— Moi aussi, je suis chez moi, reprit celui qui avait sous sa responsabilité une centaine d'inspecteurs. Et moi aussi je rêvais d'un week-end peinard, figurez-vous. Seulement voilà : on ne fait pas toujours ce qu'on veut, quand on est dans la police, vous connaissez la chanson ?

Boris soupira. Devinant plus qu'il ne la vit la silhouette nue de Sarah qui se rapprochait, se coulait silencieusement derrière lui, sur le lit.

— On redémarre sur les chapeaux de roue, Patron ? C'est ça que vous n'arrivez pas à me dire ?

Autant abréger le supplice. Surtout que, derrière lui, un autre « supplice » se préparait. L'ex-prostituée victime d'un racket fiscal le débarrassait lentement de sa serviette-éponge, se collant contre lui, chaude et ondoyante, l'enveloppant du parfum de son corps imprégné de l'odeur des sels de bain.

— Ça dégringole de très haut, figurez-vous, reprit Badolini en crachotant une ou deux quintes. Ministère de l'Intérieur, Préfet de Police... Vous connaissez le circuit ?

Bref, ça dégringolait tellement que ça finissait par tomber sur lui, Corentin, en bout de course. Comme d'habitude.

— La très grosse affaire, reprit le vieux Niçois d'origine corse. Qui intéresse énormément de gens. Ce qui veut dire qu'on va avoir droit à des attentions venant d'un peu partout. Et qu'il va falloir y aller mollo. Surtout si, comme je le renifle, vous vous mettez à soulever des lièvres assez volumineux pour passer, de loin, pour des éléphants.

Boris Corentin remua un peu. Les mains de Sarah étaient en train de se promener sur une partie de son individu qui ne demandait visiblement qu'à opérer des métamorphoses en chaîne conduisant à une érection complète.

— Si vous aviez la charité de ne pas me laisser dans l'ignorance, Patron, fit Corentin d'une voix altérée.

— J'y viens, grogna Badolini. Vous allez voir, c'est pas joli-joli. C'est même assez sale, comme départ. Et pourtant, tout me dit qu'à l'arrivée il faudra que l'affaire soit bien propre. Au carré. Sans bavures. Nette comme un sou neuf. Même si votre enquête a prouvé qu'elle était encore plus sale qu'au commencement.

C'est-à-dire, en bon français, qu'elle serait étouffée, traduisit mentalement Corentin. Sauf bien sûr ce qu'on ne peut pas cacher à la presse et au public. Le minimum en somme. Comme à chaque fois qu'il s'agissait d'une enquête chez les huiles vraiment intouchables...

— C'est quoi, le décor ? interrogea Boris. Finance ? Politique ? Diplomatie ? Armée ?

Les longues mains de Sarah allaient et venaient le long de sa hampe gonflée, emprisonnant de temps en temps au passage les masses douces des testicules qu'elles pressaient savamment, comme pour y amorcer le jaillissement de la sève.

— Tout ce que vous voulez, répondit celui que les inspecteurs de la Brigade Mondaine avaient depuis la nuit des temps surnommé « Baba ». Le gratin... De quoi nous faire sauter tous si vous faites un faux pas... Vous connaissez Serge Bréval ?

— Le P-DG de Ravel-Garonne ?

— Et député au Parlement européen par-dessus le marché, oui. Merci de savoir de qui il s'agit, Corentin, je n'en attendais pas moins de vous...

— Vous allez me dire qu'il lui est arrivé quelque chose, Patron ? ironisa Boris.

Il n'avait pas l'habitude d'enquêter sur des gens à qui il n'était rien arrivé.

— Trouvé mort hier matin, Corentin. Et mort dégueulassement. On n'a pas dit le centième des détails à la presse. Je vous le répète, cette affaire c'est une vraie cocotte-minute. Tant qu'on reste assis sur le couvercle et qu'on l'empêche d'exploser, ça va. Si on faiblit, tout saute et on saute avec !

Sarah venait de contourner Corentin et, lui tournant le dos, agenouillée, lui offrait une paire de fesses à rendre jalouse la jument la plus opulente. Boris essaya de détourner les yeux du sillon rose encore humide du bain et où perlaient quelques gouttes d'eau. Effort inutile. Son regard revenait perpétuellement à la fente profonde qui s'offrait dans une soumission d'une obscénité flamboyante.

— On se retrouve dans une heure à mon bureau ? conclut Badolini après s'être raclé la gorge. Soyez gentil : prévenez Brichot. On va aussi avoir besoin de ses talents !

L'appareil raccroché, Boris comme dans un état second se vit lui-même poser les mains sur les rotondités impressionnantes de l'ex-call-girl. Irrésistiblement attiré par cette croupe fabuleuse qui se tortillait à sa rencontre.

— Vas-y, murmura Sarah d'une voix de dessous du bras, seins pendants, cuisses les plus ouvertes qu'elle pouvait.

Il commença à caresser, de l'extrémité de son membre viril, les muqueuses roses de la femme qui s'ouvraient comme une douce corolle.

— Je croyais que tu étais venue me parler d'un redressement fiscal ? ironisa-t-il à mi-voix.

Elle creusa les reins, frémissante.

— Redressement pour redressement, je préfère le tien, tu vois ? fit-elle du fond de la gorge.

Elle se mit à geindre au moment où il commença à la pénétrer.

— Et puis si tu ne peux rien pour moi côté percepteur, tu peux tout de même quelque chose d'un autre côté !

Il achevait de l'empaler de tout son long.

— Me mettre ! Me mettre le plus fort et le plus longtemps que tu pourras, voilà ce que tu peux pour moi, Boris, gueula-t-elle à faire se retourner les passants, en bas, sur le trottoir de la rue de Turbigo.

CHAPITRE III

Le commissaire divisionnaire Charlie Badolini passa lentement la main droite sur ses cheveux gominés façon danseur de tango de l'époque où il était un jeune homme, à Nice, et où il commençait juste à savoir comment il faut parler aux filles. Ses yeux légèrement exorbités roulèrent sur l'éternel décor de son bureau, au second étage de la PJ, le tapis façon Savonnerie, les fauteuils Empire du Mobilier National, le coffre-fort aux rapports confidentiels (les blancs en argot de police), le bureau Empire à cuir fauve sur laquelle tant de dossiers avaient atterri au cours de sa carrière, bourrés d'aventures humaines pathétiques, sanglantes, horribles, dérisoires ; ou tout ça à la fois et, en plus, ultra-secrètes, archi-explosives. Comme celle qu'il avait commencé à évoquer, matérialisée par un dossier apparemment comme les autres, une simple chemise de carton bleu ciel, qui renfermait tout simplement de la dynamite...

— Où en étions-nous ? interrogea-t-il de sa voix de basse, l'air ailleurs brusquement.

Corentin fit bouger ses pectoraux sous la chemise Lacoste.

— Aux détails sordides, Patron, émit-il.

Badolini s'arracha au décor, l'air soudain las.

— La rampe de néon, émit Brichot, empressé.

L'inspecteur principal Aimé Brichot, coéquipier de Boris Corentin depuis une bonne quinzaine d'années, asticotait nerveusement son nœud de cravate vert pomme d'un genre finalement assez psychédélique.

— Exact, toussa Badolini. La rampe de néon... Vous avouerez qu'il y a des façons moins sordides de mourir... Surtout quand on vient de se faire élire député au Parlement de Strasbourg. Et qu'on dirige une multinationale qui fait rentrer chaque année une quinzaine de milliards de francs dans la balance commerciale de la France...

Il frotta l'une contre l'autre ses paumes huilées de sueur.

— Corentin, s'il vous plaît, pouvez-vous être assez gentil pour aller ouvrir la fenêtre ? On étouffe, non ?

— Telle que l'affaire se présente, récapitula Corentin après avoir obtempéré, elle est déjà très « Mondaine ». Et bien entendu, quand on songe à la personnalité du mort, elle devient, en plus, très « Affaires Recommandées »...

Il suivit un instant la molle et lente glissade d'une péniche sur les eaux douteuses de la Seine.

— Sans oublier le lieu de l'assassinat, murmura-t-il. Un hôtel crade... De dernière catégorie...

C'était le patron de l'hôtel qui avait découvert le corps, hier matin, en entrant dans la chambre qu'il croyait vide. Il avait dû faire une drôle de tête. Immédiatement il avait prévenu le CIAT du quartier de la Roquette, 2 rue Camille-Desmoulins (11e arrondissement). D'après le rapport des policiers, le taulier de l'*Hôtel de la Fontaine à l'Eléphant* se souvenait parfaitement de la femme qui accompagnait Bréval. Grande, blonde, mince, serrée dans un jean ultra-étroit... C'est elle qui avait inscrit leurs noms sur le registre.

— « Marie Arnoux » et « Frédéric Moreau », sourit Corentin. Ça ne se refuse rien...

Il revint vers le centre de la pièce.

— Pour commencer, on va réinterroger le taulier, annonça-t-il. Puisque la piste commence là... Quand on est P-DG d'une firme qui arrose le monde entier de produits pharmaceutiques, entre autres, il faut de bonnes raisons pour suivre quelqu'un dans un hôtel borgne... S'il avait envie d'être tranquille quelque part avec cette créature, il pouvait s'offrir le *Crillon* sans problème.

— Il aimait peut-être les punaises ? émit Brichot. La crasse, c'était peut-être son aphrodisiaque à lui...

Boris se gratta l'arête du nez.

— Faut voir, reconnut-il. C'est vrai que tous les goûts sont dans la nature, mais il peut aussi bien avoir été attiré là par quelque chose que nous ne connaissons pas encore... Quoi ? A nous de trouver. On a pu lui tendre un piège. Il y a foncé sans se méfier.

Badolini consulta ses notes.

— A première vue, il s'est laissé ligoter sans résistance, d'après le rapport des policiers du CIAT du quartier de la Roquette. Aucune trace de lutte dans la chambre. Paraitraît même que le ménage y aurait été fait très minutieusement. Pas l'ombre d'une empreinte digitale... Du travail soigné. Professionnel.

— Par ailleurs, l'argent qu'il avait sur lui a été dérobé, ajouta Brichot. Et il a été longuement fouetté avant d'être mis à mort.

— L'argent volé, ça ne nous permet nullement d'affirmer qu'il s'agit d'un crime crapuleux, enchaîna Corentin. Ça peut aussi bien être une tentative de maquillage... Comme ses papiers d'identité disparus. Qui n'ont pas très longtemps retardé l'identification, entre parenthèses...

— Reste qu'il a été liquidé avec une sauvagerie

tout à fait particulière, intervint Badolini. On aurait pu, je ne sais pas, se contenter de l'étrangler. Ou de l'abattre avec un revolver à silencieux. Au lieu de ça, ... l'horreur parfaite... Il a dû souffrir abominablement. L'horreur parfaite...

Il poussa vers le rebord de son bureau une cendre tombée de sa dernière Celtique, vieille de trois minutes.

— Attention, Messieurs, lança-t-il solennellement. Serge Bréval avait des amis assez haut placés et un peu partout. Dans la majorité d'hier, celle d'aujourd'hui et celle de demain... Ça veut dire que tout ça, ça brûle. A toucher avec des gants d'amiante !

Il se leva.

— Je le dis, et je me répète parce que, bien entendu, vous allez rendre visite à sa veuve, je suppose ? Alors du doigté, Messieurs... Du doigté surtout !

— On est lents à comprendre, rit Corentin, mais ça finit par rentrer, vous savez ! Les coups de pied ne se donnent pas dans toutes les fourmilières de la même façon.

— Ne vous inquiétez pas, Patron, renchérit Brichot. Pour shooter dans cette fourmilière-ci, on va faire dans le délicat. Sur les pointes. Comme avec des chaussons de danseuse ! Tout en finesse ! Faites-nous confiance !

Badolini esquissa en le regardant un sourire de fouine qui ressemblait à une grimace.

— Je me trompe, ou vous m'avez dit, inspecteur Brichot, que votre épouse, Jeannette, est en vacances à La Baule avec les enfants ?

Un voile tendre passa sur le regard d'Aimé Brichot.

— Oui, Monsieur le Divisionnaire. Avec les jumelles et Charlie. Pourquoi ?

— Pour le Service, sourit toujours Badolini, pour

le Service... Je me réjouis simplement d'avoir deux célibataires sur cette affaire pour le moins délicate. Deux célibataires, donc parfaitement disponibles. C'est-à-dire d'autant plus consciencieux. Exactement ce qu'il me faut.

— *The right men in the right place,* confirma Brichot qui avait de beaux restes d'anglais, malheureusement débités avec un accent français absolument abominable à l'oreille et définitivement incurable.

Il s'empara du dossier Bréval comme s'il soulevait une caisse de TNT.

— Et si on faisait complètement fausse route ? s'immobilisa-t-il brusquement, son visage blanc de Pierrot agrémenté d'une moustache et d'une calvitie impeccable, illuminé par une idée fulgurante.

Charlie Badolini chercha une nouvelle Celtique.

— Ce qui veut dire ?

— Une simple supposition. Qui ne repose encore sur rien, je m'empresse d'ajouter. Hypothèse d'école. Bréval aurait eu des manies particulières. Comme par exemple de se faire enfoncer des machins volumineux... Après avoir reçu des corrections au fouet...

Il remonta d'un majeur exercé sa paire de lunettes de myope qui avait éternellement tendance à obéir aux lois de la pesanteur, vu que l'os de son nez dessinait une pente douce là où il aurait dû y avoir au contraire une légère bosse.

— Eh bien, continua-t-il, imaginons que Bréval ait eu ce genre de... ce genre de vice. Qu'il ait demandé à la blonde de l'hôtel de lui faire ça... Et que, inexpérimentée, elle soit allée trop loin...

Il chassa une poussière sur le revers droit de son costume de lin vert-de-gris. Puis il poursuivit l'hypothèse.

— Elle comprend trop tard son erreur et elle s'affole. Elle maquille l'accident en crime prémédité, attache le malheureux aux montants du lit et lui pique son argent et ses papiers pour tout embrouiller. Ça tient, non ?

Bros rebroussa ses mèches noires crépitantes.

— Ça tient si on arrive à avoir confirmation par ailleurs de vices cachés dans l'existence de Bréval. Sinon, c'est le guet-apens sous un prétexte quelconque et l'assassinat sauvage. Avec intention de faire souffrir pendant l'agonie.

Badolini se laissa retomber dans son fauteuil Empire. Epanoui.

— Messieurs, siffla-t-il, j'ai l'impression que vous êtes à point pour démarrer sur les chapeaux de roue, non ?

*
**

Pour ce qui était des chapeaux de roues, c'était compromis momentanément, pensa Boris en regardant Gégé Clairefontaine, taulier de l'*Hôtel de la Fontaine à l'Eléphant*, place de la Bastille, entamer son numéro pathético-comique de contorsionniste involontaire. Ataxie locomotrice, conclut le policier de la Brigade Mondaine qui aurait pu faire, si le destin en avait décidé ainsi, un diagnosticien redoutable.

Mais il était flic. Et son boulot c'était le dépistage des microbes de la société, les criminels et autres perturbateurs de l'ordre social. Pas la traque aux symptômes et aux maladies physiques.

— Whisky, Inspecteur ? avait proposé Gégé en le lorgnant de son œil de verre qui larmoyait toujours un peu.

— Pas en service, merci, rétorqua Corentin.

Surtout vu le verre dans lequel Gégé se versa un whisky à ras du bord : maculé, opaque, dégueulasse pour tout dire.

Evidemment, le comptoir de la réception eut

droit à la moitié de la bouteille au passage. Pour ranger celle-ci, ce fut encore un autre cirque. On aurait dit que le taulier voyait quatre étagères superposées là où il n'y en avait qu'une, et n'arrivait pas à choisir.

— La fille était une sorte de louloute de banlieue, si vous voyez ce que je veux dire, reprit-il enfin. Très maquillée. A la Marlène Dietrich. Etonnante de ressemblance. Mais dans le style pute à cinq francs la passe, et encore, quand on est généreux... Beaucoup trop maquillée pour son âge. Adolescente, on aurait dit. Visage un peu plat, inexpressif. A part les yeux. Fixes. Durs. Un grand sac de cuir en bandoulière...

Boris Corentin le regarda.

— Vous êtes physionomiste, le complimenta-t-il.

— J'ai un peu aidé vos collègues dans mon jeune temps, fit le taulier avec de la nostalgie dans la voix. Rapport à l'œil qu'il y avait finalement laissé, au passage.

Boris hocha la tête.

— Dommage que vous n'ayez pas aussi pigé le gag, fit-il en pointant les deux noms sur le registre que l'hôtelier lui avait présenté, au début de l'entretien.

On y lisait, écrit en capitales d'imprimerie par la blonde : « Marie Arnoux » et « Frédéric Moreau »...

Le taulier se pencha presque d'un seul mouvement. Ce qui constituait un joli exploit.

— Ça nous aurait évité des ennuis, termina Corentin. Et le pseudo « Frédéric Moreau » vivrait peut-être toujours...

— J'ai pas fait d'études, fit le taulier piteux. La... *L'Education Sentimentale* dont m'ont déjà parlé vos collègues de la Roquette — enfin un d'entre eux qui avait l'air cultivé — c'était pas au programme du CAP d'ajusteur...

— Vous devriez le lire, conseilla gentiment

Corentin. C'est en poche, aujourd'hui, et vous ne serez pas déçu...

Dix minutes plus tard il giclait sur la place de la Bastille. Après une visite éclair dans la chambre où Bréval avait vécu ses derniers moments et connu une mort infâme. Inspection de routine. De toute façon, la tornade des policiers, des releveurs d'empreintes et des photographes de l'Identité Judiciaire était passée par là. On aurait le rapport sous peu. Avec une chance sur mille qu'il y ait quelque chose d'inédit dedans. Le « ménage » avait été minutieusement fait dans la chambre par la blonde trop maquillée. Et, sauf miracle, l'autopsie du cadavre de Bréval ne révélerait rien qu'on ne savait déjà.

Sur la place, un kiosque à journaux étalait ses titres tout frais. « Mystère autour de la mort du député européen : Serge Bréval assassiné dans un hôtel de la Bastille ? » questionnait *France-Soir*. *Libération* y allait de son calembour de la journée : « *Pal des vampires pour un député de Strasbourg* »... Le scandale commençait à éclater. Et encore : les informations n'avaient été communiquées qu'au compte-gouttes à la presse...

Réfléchissant, Boris alluma une Gallia.

L'inspecteur Aimé Brichot, Mémé pour les intimes, devait, à l'heure qu'il était, être en pleine conversation avec Madame Bréval, la veuve. Dans les 400 mètres carrés de son appartement de l'avenue Charles-Floquet. C'est elle qui avait précipité le rendez-vous sous prétexte qu'après elle devait sortir. Raison pour laquelle ils s'étaient divisé la tâche. Brichot chez Emma Bréval, Corentin place de la Bastille.

De toute façon, il n'attendait pas grand-chose d'une visite à l'épouse du supplicié. Si le P-DG de Ravel-Garonne avait des habitudes clandestines, on imaginait mal sa veuve — à condition qu'elle ait été au courant — en train de les déballer par le menu à la police rien que pour activer un peu plus le vent du scandale, lequel de toute façon rejaillirait sur elle...

Il regagna la R 14 bleue prise le matin même dans le parc de la PJ et s'y installa, vitres à moitié descendues pour jouir d'un minimum de circulation d'air. La température semblait encore en train de monter sur Paris. Une véritable colonne de poussière en feu.

La seule piste tangible pour le moment, récapitula-t-il, c'était l'inconnue blonde. La meurtrière, de toute évidence. Maquillée en prostituée d'après le taulier. Plutôt mince comme indice...

Il haussa les épaules.

— Dire que tout ça c'est peut-être du bidon, et qu'on a affaire à un crime politique camouflé en massacre sexuel ! soupira-t-il. Règlement de comptes dans les hautes sphères... Pourquoi pas ? D'une pierre deux coups : on liquide le gêneur et on salit sa mémoire...

Il soupira.

— La seule chose qui tient, c'est la blonde, se répéta-t-il, maxillaires contractés. Fardée en pute. Et qui dit pute...

L'appareil de radio réglementaire de la R 14 branché sur TNZ 2 (la Police Judiciaire) et 450 Mégahertz, grésilla, lui coupant le raisonnement.

— Boris ? jeta Mémé qui l'appelait d'une de ces bornes de police-secours dont tout inspecteur a une clé sur lui.

— Alors ? cracha Corentin avidement.

— Tu vas être déçu, lâcha Brichot. Rien à première vue. La veuve ne sait rien. Bréval ne lui disait pas tout ce qu'il faisait, prétend-elle. Loin de là. Cela dit, elle n'a pas l'air plus éplorée que la bienséance ne l'exige. On n'a pas l'impression que le ciel vient de lui tomber sur la tête. Mais belle femme au demeurant. Superbe créature. Je ne te dis que ça...

— Mémé !

— Excusez-moi, bafouilla Brichot. Je crois que c'est la chaleur...

— Je crois que c'est plutôt ton célibat provisoire, Mémé. Attention, Jeannette n'est qu'à la Baule et c'est pas si loin que ça de Paris...

— Qu'est-ce que tu vas imaginer ? se cabra Brichot super-indigné.

— Rien, sourit Corentin. On piétine et on dit n'importe quoi, voilà la vérité...

— Si tu veux mon avis, on devrait quand même y retourner ensemble, chez la veuve Bréval. Les domestiques avaient congé aujourd'hui, mais ils seront là demain. Ça ne manque pas d'intérêt quelquefois, les confidences des domestiques, qu'est-ce que tu en penses ?

— Du bien, acquiesça Corentin. Quitte à avancer comme des tortues, autant le faire consciencieusement...

— Alors demain ? Je refixe rancart à la veuve ?

— OK, fit Corentin. Moi de mon côté, ce soir, je vais renifler au Bois de Boulogne...

— Pourquoi au Bois ?

— Une idée idiote. Si ça ne donne rien, je ne t'ai rien dit.

— A demain, cachottier.

— A demain.

Resté seul, Corentin pianota à nouveau sur le radio-téléphone à touches. Reprenant son raisonnement.

La blonde qui accompagnait Bréval était, au dire de l'hôtelier, maquillée genre prostituée. Qui dit prostituée, dit Bois de Boulogne. Et dans ce cas, on ne sait jamais...

A l'autre bout de la ligne, on venait de décrocher.

— Tu m'as déjà oublié depuis ce matin ou tu me remets ?

Sarah Labrunie, l'ex-prostituée sur le passé de laquelle le fisc n'était pas près de jeter l'éponge. C'était tout ce qu'on veut sauf réglementaire, d'utiliser la radio PJ pour l'appeler, mais est-ce qu'il n'y avait pas urgence ?

— Même si j'arrivais à t'oublier, tu crois que j'oublierais ce que tu as dans le pantalon ? jeta-t-elle en retrouvant les accents décontractés de son ancien métier.

— Alors ça te dirait de faire un petit voyage dans le temps, rien qu'un soir ? J'ai besoin de quelqu'un pour m'accompagner au Bois.

Elle roucoula dans un rire de ventre.

— Tu as peur de te faire violer ?

Il rit aussi.

— C'est déjà fait : par toi.

Elle soupira.

— Je ne sais pas ce que tu as derrière la tête, pour ce soir, mais c'est oui tout de suite, évidemment. Oui pour tout ce que tu demandes, de toute façon, mon salaud ! C'est pas juste, Boris, que tu me fasses craquer rien qu'en disant « Allô » au téléphone !

CHAPITRE IV

La R 14 s'engagea, vitres baissées, dans la rue Saint-Denis. Pratiquement bloquée par les embouteillages. A droite et à gauche, les néons des enseignes crevaient de rouge, de vert ou de bleu la nuit profonde et étouffante. Çà et là, les rideaux à moitié tirés des sex-shops, des live-shows ou des peep-shows. Et de place en place, dans la fournaise nocturne, l'interminable va-et-vient des tapineuses...

— On n'avait pas dit qu'on allait au Bois ? questionna Sarah en opérant une reptation voluptueuse sur le fauteuil de la R 14.

Ses seins en obus prêts à exploser crevaient le débardeur très échancré sous les bras, laissant aux trois quarts libres leurs deux masses de dynamite sexuelle à l'état brut.

Bras levés dévoilant le duvet roux de ses aisselles où brillaient quelques gouttes de sueur, elle s'étira comme une chatte qui demande à être repue d'urgence.

— Et puis d'abord, fit-elle remarquer, il n'y a même pas la climatisation, dans ta tire de flic français miteux. On crève, Boris.

Il la regarda de biais.

— La rue Saint-Denis, c'est par acquit de conscience, répondit-il à retardement. On ne sait jamais. Comme je t'ai dit, je cherche une blonde. Une prostituée blonde. Jeune. Très platinée, très maquillée. A la Marlène Dietrich.

— Et tu crois que je vais pouvoir t'aider ? Tu rêves ! Je suis rangée des voitures, moi ! Depuis deux ans. Quant au signalement...

Elle soupira. Plus Rubens que jamais. Retroussant sans complexes jusqu'au milieu des cuisses sa jupe blanche à plis en voile de coton, sous prétexte de s'aérer un peu...

— Et puis, moi je vais craquer, dans ta caisse, poulet de mon cœur ! Tu entends ? On cuit !

Dans la fournaise de la nuit, c'était sur les trottoirs le carrousel du désir furtif ou bruyant selon les cas. Sur la chaussée aussi. Dans la rue Saint-Denis, les bagnoles qui roulaient au pas étaient pour la plupart pilotées par des hommes seuls. Célibataires endurcis ou d'occasion, pour cause de vacances. Comme Mémé. Aimé Brichot, auquel Boris repensa un instant. Où il était, en ce moment, Mémé, sans sa Jeannette qui se trouvait à la Baule avec les enfants pour tout le mois de juillet, dans une petite maison en bordure de mer louée pour une bouchée de pain par l'intermédiaire d'un collègue de là-bas ? Sagement pelotonné dans son grand lit solitaire, au Kremlin-Bicêtre ? Ou brusquement, sur un coup de sang, parti en chasse, à l'aventure ? A la traque d'une partenaire de quelques heures ? Boris secoua la tête. Non. Ça ne ressemblait pas à Mémé. Certes, il avait donné quelques coups de canif au contrat de fidélité conjugale qui le liait à Jeannette. Mais ils se comptaient sur les doigts d'une main. Et encore...

— Tu ne vas pas me dire que tu as perdu de vue toutes tes copines ? interrogea Boris.

Sarah haussa les épaules.

— A peu près, si. On coupe les ponts ou pas, tu sais ? Il n'y a guère de milieu...

Boris décolla sa main droite du volant poisseux.

— Fais un effort, Sarah. Si tu essaies, je te jure que je me mets à cogiter sur ton problème à cent briques.

— Cent dix, corrigea-t-elle.

— Oui. Cent dix. Eh bien, si tu essaies de m'aider, je me mets en quatre pour trouver une solution. Je ne suis qu'un pauvre flic, c'est vrai, mais en quinze ans j'ai rendu pas mal de services à des tas de gens parfois très haut placés. Tu vois ce que je veux dire ?

Sur les trottoirs, c'était de plus en plus le tango du rut. Furtif. Confus, lent. Examiné au passage par les conducteurs des voitures qui roulaient au pas. Dans un silence impressionnant. Avec l'embouteillage monstre de la rue Saint-Denis, il fallait vraiment une motivation sérieuse pour que personne ne klaxonne. Et pourtant c'est ce qui se passait. Aucune protestation. Aucune crise de nerfs. Pour cause de spectacle captivant, dans les zones d'ombre des porches des immeubles et sous les néons. Dans la chaudière nocturne de Paris, les tapineuses exhibaient à peu près tout ce qu'elles avaient en magasin. Seins dardés sous les chemisiers transparents ou dans des soutiens-gorge découpés à ras de la naissance des bourgeons roses des aréoles. Ventres nus jusqu'à la lisière des shorts aux couleurs criardes, quand ce n'était pas, beaucoup plus sobrement, des strings affolants qui n'arrivaient pas à contenir des pilosités effervescentes s'échappant par boucles prometteuses. Longues jambes enfin, gainées de bas résilles ou de cuissardes. Des voyeurs traînaient, s'arrêtaient près d'elles, repartaient en soupirant. Des bandes de très jeunes garçons passaient avec des ricanements forcés. Des types se promenaient carrément torse nu, luisants de sueur comme des champions de Sumo. La canicule faisait chavirer les dernières inhibitions, rompait les barrières morales, déboussolait les habitudes.

— Tiens, s'écria soudain Sarah. Crache-moi-là, un instant.

— Tu as reconnu quelqu'un ?

Elle montra une fille très brune aux grands yeux de gazelle. A moitié nord-africaine probablement.

— Zouleïca, répondit Sarah. Une de mes dernières copines. La pauvre ! Elle a descendu les échelons. Quand je l'ai perdue de vue, elle draguait avenue Foch en Maserati. Pas à pied sur le bitume. Ça va vite le decrescendo à partir d'un certain âge...

Elle frissonna.

— C'est ça, l'horreur qui m'a fait tout quitter, Boris. A 30 ans, c'est le début de la descente ! Et tu finis dans une maison d'abattage, en pipeuse que les clients ne veulent même plus regarder pendant que tu les suces, tellement tu les répugnes !

Ladite Zouleïca balançait une croupe de reine admirablement « déshabillée » par un string couleur or.

Quand elle revint de son colloque avec son ex-consœur du bitume, la R 14 de Corentin avait avancé de dix mètres à tout casser.

— Inconnue au bataillon, ton empaleuse de la Bastille, annonça Sarah en se laissant tomber contre lui, sur la banquette. Désolée, Boris. Qu'est-ce qu'on fait ?

Elle venait d'allonger la main en direction du ventre du conducteur. La canicule monta, du coup, de quelques degrés supplémentaires.

— On essaie de sortir de l'embouteillage et on file au Bois, fit-il.

Avec une boule spongieuse au fond de la gorge.

— Et tu me laisses changer de vitesse, s'il te plaît, ajouta-t-il. Ça aide, tu sais, quand on conduit...

Dans un geste de masseuse trop experte pour être vraiment honnête, elle l'empoigna doucement, dur et gonflé et saillant sous la toile du pantalon.

— Changement de vitesse ? souffla-t-elle avec une

voix de Bon Dieu sans confession. Moi j'en connais un, de changement de vitesse, comme j'en ai jamais vu dans toute ma carrière de tapineuse! Et avec boîte automatique en plus! Une merveille!

Le Rubens vivant qui était à côté de lui plongea en avant, sa large bouche écarquillée, anthropophage. Délicieusement cannibalesque.

⁂

Cette lueur orangée dans le ciel bleu nuit, pardessus les frondaisons noires du Bois de Boulogne, on ne savait pas très bien si c'était le halo céleste de la Ville-Lumière ou le reflet sulfureux d'un incendie carabiné du genre de celui qui détruisit Sodome et Gomorrhe si l'on en croit la Bible...

— Ce qui est amusant, commenta amèrement Boris dont le front luisait de sueur, c'est que plus les heures avancent, moins on progresse...

Tout le temps du trajet, pratiquement jusqu'à l'avenue de la Grande-Armée, Sarah n'avait plus été qu'une ventouse rivée au centre de lui. Une station de pompage en chair et en os bien décidée à lui arracher toute sa substance jusqu'à la moelle. L'avalant, le caressant, le léchant, et enfin le buvant avidement à longs traits, pour finir, avec des convulsions de luette qui étaient comme des orgasmes de la gorge. De vrais soubresauts qui le cabraient de la nuque, lui tendaient électriquement le corps en arc.

— M'étonne pas, répondit-elle d'une voix un peu pâteuse. A part le plaisir d'être avec toi, je ne voyais pas bien ce qu'on allait gagner, ce soir. Je ne la *sentais* pas, ton idée. C'est pas comme le reste...

Elle ne s'était pas trompée. Ils avaient déjà essayé pas mal d'avenues ou d'allées cavalières du Bois. Tous les endroits connus des amateurs où les prostituées turbinent la nuit. Des deux sexes. Et surtout du troisième, vu que les Brésiliens travestis ou transexuels y occupent à présent le haut du pavé.

Au coin de l'avenue de l'Hippodrome, une fille seule se planta dans leurs phares. Complètement nue à part une longue veste en toile rayée bleue descendant jusque sous les fesses. Cachant le côté pile par conséquent. Mais le côté face, lui, était généreusement offert aux amateurs et dans le plus simple appareil. Magnifique silhouette aux seins lourds à aréoles brunes, ornée au bas du ventre d'une puissante fourrure noire qui bouclait sur les aines.

— Ça galope, la libération des mœurs, constata Corentin entre ses dents.

Ils avaient « interviewé », depuis une heure, la plupart des tapineuses qu'on apercevait en faction au bord des allées. Aucune ne semblait connaître la moindre blonde genre Marlène correspondant au signalement du taulier de la Bastille.

Boris ralentit dans l'avenue de l'Hippodrome. Sidéré. En retrait, à dix mètres de la chaussée, à demi dans l'ombre mais se détachant tout de même sur les fourrés noirs du Bois, trois hommes s'agitaient autour d'une fille. Intégralement nus à part chaussettes et chaussures. Trois clients sans complexes, venus ensemble se payer une professionnelle pour couronner leur samedi soir. La fille était à genoux devant l'un d'eux et il ne fallait pas être sorcier pour deviner qu'elle n'était pas en train de réciter sa prière. Derrière, accolé aux rondeurs généreuses de ses fesses, un autre type n'était pas non plus en train de lire son bréviaire. Le troisième, qui avait dû passer le premier, s'était mis à réenfiler son pantalon. Brusquement saisi d'une idée, il se ravisa et se rapprocha de la fille se tenant à pleines mains, à quelques centimètres de sa joue droite. Par grands coups saccadés, il se conduisit à une jouissance rapide qui se termina en jets laiteux sur le visage de la prostituée.

— Incroyable, souffla Corentin. Ils ne font même plus ça derrière les fourrés, comme autrefois. Ils s'enfilent sans aucune gêne devant tout le monde!

Ils sillonnèrent d'autres avenues plutôt homosexuelles, celles-là. Jeunes garçons, en blouson de toile, clients plus âgés au volant de grosses voitures luxueuses. Des hommes entre deux âges, bagnoles immatriculées pour la plupart en banlieue, se recoiffaient soigneusement devant leur volant, en s'aidant du rétroviseur, avant de regagner le domicile conjugal où les attendait une épouse à mille lieues de deviner que leur brave père de famille de mari venait de se payer un garçon de 15 ou 16 ans offrant sa bouche ou ses reins pour se payer sa moto sans rien avoir à demander à papa et à maman...

— Tout ça, ça me redonne des idées, chantonna brusquement Sarah qui s'était à nouveau retroussée, histoire de se faire des courants d'air entre les cuisses, la jupe presque au niveau du nombril.

— Tiens donc? répliqua Corentin. Et quel genre d'idées?

— Si tu consens à t'arrêter par là, fit-elle en montrant la naissance d'une allée forestière, je t'expliquerai...

Dix minutes plus tard, Boris Corentin, inspecteur divisionnaire de la Brigade Mondaine, contemplait une crinière cuivrée qui balayait son ventre à chaque mouvement d'engloutissement. En se disant que pour un policier en service, il prenait des risques sérieux. Mais la tornade qui l'enveloppait avait des arguments contraires extrêmement convaincants.

Au bord de l'explosion, il vit Sarah se retirer, se relever et, lui tournant le dos, retrousser sa jupe sur ses reins. Elle s'appuya au tronc d'un chêne.

— Vite, grogna-t-elle sourdement. Vite et fort. Comme j'aime. Fais-moi crier.

Boris regarda la double sphère rose des fesses de

l'ex-prostituée avec son long et profond sillon sombre où remontaient des boucles auburn.

Un couple passa près d'eux. Sans les voir. Drôle de couple, d'ailleurs. L'homme tenait sa partenaire, une grande fille aux seins nus dans l'échancrure du chemisier et en short. Mais il la tenait, short ouvert, par là où les œstrogènes que prennent les travestis ne peuvent rien et où la chirurgie n'avait visiblement pas encore fait son travail puisqu'un long sexe mâle sortait du short que tendait par ailleurs un fessier très féminin...

D'autres se poursuivaient à travers les fougères. On entendait de temps en temps des petits cris étouffés, des rires, des protestations. Le Bois était un bordel à l'état de nature. Un boxon écologique surpeuplé.

Boris se laissa aller dans le ventre de Sarah qui commença à exprimer par des râles une satisfaction violente. Raclant des ongles, comme un jeune animal, l'écorce de l'arbre auquel elle venait de s'appuyer.

***

Les deux ou trois éclairs des flashes, dans les fourrés, un peu plus loin, ne provoquèrent pas de la part de Corentin une réaction instantanée.

Pour la bonne raison qu'il était justement en train de jouir et que ça lui faisait à lui-même, dans les rétines, des éblouissements violents. Qu'il confondit quelques secondes avec les mitraillages photographiques, là-bas, dans les fourrés.

Il reprit conscience quand même très vite et s'arracha à Sarah qui nageait encore en pleines vapes, grognant des exclamations déchaînées.

— Si un salopard veut ma photo, il va l'avoir, jaillit Corentin dans la direction approximative d'où étaient venus les flashes.

La nuit s'était refermée. Difficile d'évaluer la distance. Cinquante, cent mètres ? Comme un sanglier furieux, il se mit à ravager les fougères. Et plus il élargissait son rayon d'investigation, plus il se rendait compte du ridicule de la situation. Et plus il se disait aussi que ses recherches étaient inutiles. Personne. Nulle part.

Brusquement il aperçut une silhouette. Masculine. En train de regagner calmement la route.

Il bondit vers l'homme.

— Inspecteur divisionnaire Corentin, cracha-t-il en faisant surgir sa plaque de policier.

L'autre vira sur les talons. Un blond trapu à tête de VRP. Avec des valises précoces sous les yeux qui trahissaient un goût prononcé pour les déjeuners d'affaires arrosés. Au-dessus des valises en question, les yeux exprimaient une surprise infinie.

— Oui ? Et alors ?

Son calme désarçonna Corentin. Surtout que l'autre ne portait visiblement sur lui aucun appareil photo, si petit fût-il. Avec sa chemise à carreaux et son pantalon beige clair serré, on ne voyait pas bien où il aurait pu le cacher.

— Vous... Vous n'avez pas vu un type en train de prendre des clichés au flash ? finit-il par émettre d'une voix déjà beaucoup moins sûre.

L'homme à la chemise à carreaux haussa les épaules.

— Il me semble, oui. Mais je n'ai pas fait très attention, excusez-moi. Je m'étais enfoncé dans le Bois pour...

Il hésita. Est-ce qu'on pourrait prononcer le verbe « pisser » devant un inspecteur de police ? Tant pis. Il le prononça. Sans écoper d'inculpation pour outrage.

— C'était important, ce photographe ? fit-il ensuite.

Boris passa une main sur ses paupières. Il se sentait fatigué, brusquement.

— Je ne sais pas. Peut-être...

Au bord de se demander, si en fin de compte il n'avait pas rêvé.

Il n'avait plus qu'une envie, maintenant : rentrer se coucher, se laisser aller au fond de son lit, couler à pic à la renverse dans le sommeil. Et attendre le lendemain matin pour s'éclaircir les idées... N'empêche que, par acquit de conscience, il suivit quand même discrètement l'inconnu à la chemise à carreaux qui regagnait sa voiture stationnée au bord de l'avenue. Immatriculée à Paris... Il se répétait encore à voix haute les chiffres et les lettres de la plaque minéralogique quand il retrouva Sarah.

— Qu'est-ce que tu as à marmonner ? fit celle-ci qui achevait de remettre de l'ordre dans sa toilette.

— Je retiens un numéro de bagnole. 8035 FEL...

— Facile ! s'exclama l'ex-prostituée. FEL comme fellation, non ? Ça coule de source, il me semble ?

Boris Corentin grimaça un sourire fatigué. L'envie de plonger dans l'oubli de son lit si possible solitaire ne le lâchait plus.

— Infatigable, alors ? gémit-il presque.

Elle roula des hanches vers lui.

— Plains-toi, s'il y a de la demande, dès qu'on t'aperçoit ! souffla-t-elle dans un tendre reproche. Tu crois que tu vas t'en tirer comme ça, en me raccompagnant chez moi, et puis « bonne nuit, fais de beaux rêves » ?

Il soupira. Pour ses heures de sommeil en retard, de toute évidence c'était râpé.

CHAPITRE V

Etincelante, rouge cramoisi au poignet du jeune valet de chambre des Bréval, la montre concentra un instant tous les feux du regard de l'inspecteur principal Aimé Brichot, derrière ses verres de myope qui lui faisaient des yeux en vrilles démesurés. Une Swatch. La dernière montre à la mode. Et en plus, du modèle le plus récent : celles qui sentent bon ! Framboise, menthe ou banane. Au pif, la Swatch du jeune homme qui venait de les accueillir sur le seuil de l'appartement de l'avenue Charles-Floquet était parfumée à la framboise... Il fallait aimer... Les jumelles auraient sûrement raffolé. Lui, Brichot, se sentait un peu vieux pour ce genre de fantaisie.

— Vous êtes en avance, il me semble ? questionna l'employé des Bréval en virevoltant autour de Corentin et Brichot pour les inviter à entrer.

Les deux policiers de la Brigade Mondaine se regardèrent de biais. L'expérience leur avait appris qu'on récolte parfois des renseignements très intéressants quand on sait mettre en confiance les domestiques, en l'absence de leurs patrons. Raison pour laquelle ils s'étaient offerts une petite avance sur le rendez-vous prévu avec Emma Bréval, la veuve du P-DG empalé...

— On avait trop chaud dehors, fit Brichot dont la calvitie luisait effectivement comme un miroir.

Le valet à la Swatch esquissa un grand geste parabolique désolé.

— Et la climatisation qui est en panne ! s'excusa-t-il d'une voix un petit peu trop aiguë. On n'a même pas eu le temps d'appeler le réparateur. Tout est sens dessus dessous, ici, vous savez, depuis qu'il est arrivé cette chose atroce à Monsieur ! Venez, je vous en prie...

Boris Corentin masqua le feu de son regard. Pas besoin d'un dessin pour deviner que le valet de chambre d'à peine 25 ans avait fixé ses fantasmes sexuels sur les hommes bien avant la puberté. Le léger tortillement continu des fesses le criait éloquemment. A part ça, rien ou presque ne trahissait cette particularité. Fini, chez les jeunes, le profil « pédale » à l'ancienne reconnaissable rien qu'à la manière dont il singeait et caricaturait les comportements et les intonations des femmes. Bien sûr, il y a toujours des « folles » qui affichent leurs penchants avec un goût de l'exhibition démesuré. Mais la plupart des *gays* modernes font dans l'uniformisation, tirent vers le neutre, le sobre, le BCBG, la tenue passe-partout. Pourquoi provoquer une société qui, peu à peu, s'habitue tant bien que mal à tolérer les marginaux, et leur donne même droit de cité puisqu'il y a maintenant des radios libres homosexuelles comme *Fréquence Gaie* qui émettent 24 heures sur 24 en toute légalité ?

En plus, dans son genre, le valet des Bréval donnait plutôt dans le style viril. Pectoraux saillants, deltoïdes impressionnants, quadriceps tendant le jean à faire craquer les coutures... Deux séances par semaine de body-building...

— Quand je pense qu'il y avait une réception prévue ce soir à la maison, avec des tas de personnalités politiques et financières ! soupira le jeune homme d'une voix déchirée. Deux ministres en exercice, je crois...

Il leur faisait traverser un des salons. Meublé ultramoderne, c'est-à-dire dépouillé au maximum. Organisé tout entier autour d'une sculpture noire de Lam. Une sorte de dieu ailé aux angles agressifs. Autour, fauteuils en rotin noir, immenses paravents-miroirs. Lampadaires halogènes. Appliques métallisées. Le *high-tech* post-moderne dans toute sa splendeur.

— Votre patron recevait beaucoup ? questionna Corentin.

Damien Vernal virevolta sur ses Adidas. Mèche en bataille barrant le front. Incapable de ne pas envelopper au passage d'un regard très intéressé ce grand policier athlétique dont tout laissait supposer, hélas, qu'il ne s'était jamais attaqué qu'à des femmes. Le genre de type qu'il rêvait de rencontrer, cet été, dans les dunes derrière la plage où il allait pour la troisième année consécutive passer ses vacances. Au Portugal. Une plage homo en majorité. Bourrée de beaux gosses pas farouches. Et s'exhibant tout nus sur le sable...

— Des dîners, des fêtes, des réceptions, des cocktails, énuméra le valet avec de la nostalgie dans la gorge. Car Monsieur savait recevoir. Et des tas de têtes qu'on voit à la télé ! Des stars des médias !

Brichot soupira. S'il fallait dresser le catalogue des relations de Bréval et se mettre à soupçonner toutes les vedettes du showbiz politique français, ça allait être joyeux, comme enquête.

— Des amis de sa femme, aussi, je suppose ? reprit Corentin.

— De temps en temps, indiqua Damien. Rarement, en réalité. Ils avaient chacun leur vie, vous savez...

— Que voulez-vous dire ?

Le valet de chambre releva sa mèche noire.

— Rien de très original. Monsieur voyageait beaucoup. Madame avait ses relations de son côté. N'empêche que quand il le fallait, elle était là, toujours, en parfaite épouse de l'homme politique qu'il était... Cela dit, elle sortait assez peu le soir, finalement. Plutôt dans la journée.

Brichot se caressa la calvitie.

— Pas d'enfants, n'est-ce pas ?

L'autre tordit la nuque pour dire non.

— Vous voulez visiter l'appartement ? reprit-il. Par là, c'est le côté de Madame, et par ici celui de Monsieur...

— Pas la peine, remercia Corentin d'un sourire.

Au passage, il avait capté l'information : les Bréval faisaient chambre à part. Presque appartement à part.

Il montra le fouillis de verdure qui s'étendait, inondé de soleil, par-delà les baies du salon.

— Il y a une terrasse ? Si on allait prendre l'air ?

Empressé, le valet les précéda.

— C'est le domaine de Madame, les informa-t-il en s'effaçant pour les laisser passer. Une merveille qu'elle entretient à la perfection.

C'était en effet une sorte de paradis. Un véritable jardin suspendu au-dessus des allées du Champ-de-Mars, avec vue imprenable sur la tour Eiffel et le moutonnement infini des toits de Paris. Derrière une haie épaisse de persistants, un vrai salon de verdure avec deux parasols et des transats. Une tonnelle peinte en gris-bleu, au fond, se couvrait de chèvrefeuille et de rosiers grimpants. Gravillons par terre, le long des massifs et cinéraires, de yuccas, de géraniums blancs et de pétunias. A l'extrémité opposée à la tonnelle, une mini-forêt de bambous ajoutait une note un peu anarchique au décor sans cela trop sage et monotone.

Pendant que Brichot s'abandonnait des narines aux délices parfumés d'un oranger du Mexique qui embaumait toute la terrasse, Corentin revint vers le valet de chambre, très boulot-boulot.

— Je sais bien que c'est toujours délicat, pour un employé de maison, de parler de ses patrons, mais je suis policier et je suis obligé de me poser toutes les questions possibles, même les plus absurdes. Par exemple sur les relations de Monsieur et Madame Bréval...

L'autre le regarda, les pastilles bleues de ses yeux lui répondant que tout en lui l'excitait, même s'il savait que c'était inutile.

— Monsieur et Madame s'entendaient très bien, d'autant mieux qu'ils étaient souvent séparés, répondit-il à regret. Je n'ai jamais surpris le moindre drame, le moindre éclat de voix...

— Vous êtes entré à leur service il y a combien de temps ?

— Cinq ans exactement. J'étais steward dans le TEE, après avoir fait l'école hôtelière. C'est Monsieur qui m'a proposé de changer de métier, quand on a fait connaissance lors d'un de ses voyages. C'est lui qui m'a débauché, si je puis dire...

Un ange lourd de mystères concernant le côté « ombre » de la vie de Bréval voleta de branche en branche le long de la haie de persistants de la terrasse. Des mystères sur lesquels Corentin commençait à se faire de vagues idées.

— Vous étiez où, le jour du crime ? lâcha-t-il soudain.

Il se reprit.

— Pardonnez-moi la brutalité de ma question. Routine de flic. Nous sommes obligés de vérifier tous les emplois du temps.

— Au sauna finlandais de la rue Le Verrier, dans le VIe arrondissement : *L'Homme Qui Rit*. On me connaît, là-bas...

Il leva les sourcils et reprit soudain sur un autre ton :

— Mais, croyez-moi, Monsieur l'inspecteur, quand je lis dans les journaux cette histoire d'hôtel, moi je ricane !

Boris s'avança, sourcils froncés.

— Que voulez-vous dire ?

Damien Vernal haussa les épaules.

— Que ça devait finir comme ça, quoi !

Boris Corentin allait poser une question lorsque son instinct d'homme à femmes le fit se retourner vers le salon. Il n'y avait eu qu'un froissement d'étoffe. Presque rien. Un frémissement dans l'air. L'approche d'une vague parfumée.

Emma Bréval venait d'apparaître.

***

Pour la énième fois, Aimé Brichot se dit que Boris, sa flèche et son vieux pote depuis quinze ans, était parfait dans les occasions les plus délicates. Celle-ci, par exemple, qui impliquait un doigté supérieur. Madame Bréval n'avait rien de la veuve éplorée sur laquelle la moitié du ciel vient de dégringoler. N'empêche qu'il ne fallait pas laisser paraître que ça se sentait. Mais d'un autre côté, ne pas exagérer non plus dans le sens des condoléances débordantes et des excuses pour le désagrément de la visite dans lesquelles on s'empêtrait généralement, quand on rencontrait le conjoint survivant, surtout si le défunt avait passé l'arme à gauche dans des conditions pas très propres.

En bref, Boris avait été sobre sur les condoléances, et on était entré tout de suite dans le vif du sujet.

— J'aime mieux vous dire tout de suite que mon mari et moi nous étions surtout des associés. Je préfère vous prévenir franchement, avait attaqué Emma Bréval. Je perds un associé. Un associé que j'aimais beaucoup. Et que je regrette. Pas un amant qui laisserait dans mon cœur un vide incomblable.

Corentin toussota.

— Je vous remercie d'être claire, Madame.

Elle sourit doucement.

— Il y avait une telle différence d'âge entre Serge et moi ! Presque vingt ans... On avait nos domaines réservés. Nos vies parallèles. Sans tragédies.

Boris la regardait, rêveur. Aimé n'avait pas menti. C'est vrai qu'elle était très belle, Emma Bréval. Mince et élégante. Cheveux bruns tirés en chignon en arrière. Veste raglan en gabardine sur une chemise en lin de Kenzo. Pantalon large à revers. Un costume qui aurait été effroyablement masculin sur n'importe qui d'autre. Mais chez elle, cette sagesse hyperclassique jouait un peu le rôle de ces substances non conductrices d'électricité. Et de l'électricité, sous la tenue stricte de grande bourgeoise à l'assurance naturelle qu'elle devait tenir d'une enfance où rien ne lui avait été refusé, on devinait qu'elle en avait à revendre.

Boris commençait à se demander combien d'hommes, à l'instant même, combien d'amants à travers Paris étaient en train de penser à elle...

— Bien entendu, reprit-elle, tout ce qui était nécessaire à la carrière politique de mon mari était sacré. J'étais à ses côtés à chaque fois qu'il avait besoin de moi.

— Vous étiez mariés depuis combien de temps ? intervint Brichot, impressionné.

Lovée dans sa chaise longue, les yeux perdus dans l'infini de l'horizon de Paris assommé de soleil, Emma répondit lentement :

— Ça aurait fait juste dix ans dans quinze jours, Monsieur l'inspecteur.

Elle revint à la réalité.

— Mais je ne vous ai rien offert à boire !

Elle poussa un bouton d'appel, à sa droite, près du chambranle de la porte-fenêtre.

— Dix ans, oui, reprit-elle, rêveuse. Et si nous n'avons pas eu d'enfants c'est que Serge était stérile, voyez-vous ? Et qu'il ne voulait pas entendre parler d'adoption. Il croyait à la voix du sang, à l'hérédité ! Et puis à l'époque, le système des banques de sperme n'était pas comme aujourd'hui en passe de banalisation complète... Evidemment, ça n'a pas contribué à nous lier très solidement l'un à l'autre...

Elle s'interrompit. Une soubrette de théâtre venait d'apparaître. Chemisier blanc, jupe noire aux genoux, minuscule tablier rond. Des trésors rebondis qu'on devinait sous le chemisier, et des jambes parfaites aux mollets musclés juste ce qu'il fallait.

— Rose, fit Emma se tournant de trois quarts. Soyez gentille, apportez-nous les apéritifs.

— Bien, Madame.

Brichot la suivit des yeux. Autant le valet de chambre était en décontracté, autant la bonne donnait dans la tradition bourgeoise la plus classique. Drôle de contraste...

La soubrette revint au bout de cinq minutes avec le plateau puis redisparut. Tout en versant les Martinis, Emma Bréval répondait aux questions des deux inspecteurs. Oui, Serge, son mari, sortait presque tous les soirs et n'avait pas l'habitude de lui raconter le détail de ses sorties. Non, elle ignorait s'il avait eu des maîtresses, et si elle l'ignorait c'est que ça lui était bien égal. On ne demande pas des comptes à quelqu'un qui, de son côté, vous laisse une liberté totale...

— Le luxe, la liberté, un statut social très agréable à assumer, termina-t-elle avec une pointe de cynisme... Je ne vois pas pourquoi je serais allée gâcher tout ça en lui faisant des crises de jalousie.

On ne tient pas en laisse un homme qui est à la fois P-DG d'une multinationale et député européen, n'est-ce pas ?

— Il se connaissait des ennemis, à votre avis ?

Elle releva la tête.

— Quand on dirige une entreprise comme la sienne et qu'en plus on s'est lancé dans la politique, ce serait du vice de ne pas avoir d'ennemis, vous ne croyez pas ?

Elle jeta un cri indigné et se précipita à nouveau sur le bouton d'appel.

— L'idiote ! s'exclama-t-elle. Depuis dix ans à notre service et une fois sur deux elle oublie les glaçons.

Une minute puis deux minutes passèrent. Rose ne réapparaissait pas. Furieuse, Emma s'acharna sur le bouton, comme si la soubrette s'y était cachée et qu'il s'agissait de l'en extraire *manu militari.*

— Ne bougez pas, Madame, bondit Corentin. Je vais la prévenir moi-même.

Il avait disparu dans le salon avant que la jeune femme n'ait eu le loisir de protester.

Ça faisait vingt bonnes minutes qu'il attendait l'occasion.

***

— Alors maintenant, Boris, tu éclaires ma lanterne ? Qu'est-ce que tu es allé faire, tout à l'heure, quand tu es parti ? Elle t'a tapé dans l'œil, la soubrette ? Tu voulais la sauter ?

Corentin suivit des yeux un stakhanoviste du jogging qui, en petite tenue, avalait consciencieusement la poussière de l'allée du Champ-de-Mars, devant eux.

— J'avais envie de visiter les cuisines, bien entendu, sourit Corentin. Très modernes entre parenthèses. Le genre labo sophistiqué. Robots qui font tout, réfrigérateur à froid tournant (de ceux qu'on ne dégivre plus), meubles de rangement à « fini cuir ». La perfection. Le *high tech*, là aussi.

— Et à part te foutre de ma poire ?

Boris alluma une Gallia.

— Prendre rendez-vous avec la soubrette. Mais pas pour ce que tu crois, Mémé. Pour la bonne cause. Comme j'aurais aimé revoir le valet de chambre des Bréval, mais il était sorti faire une course...

— C'est à moi que tu vas faire avaler ton truc de la bonne cause ?

Boris saisit Brichot par le bras droit.

— Mémé, je sais bien qu'on ne prête qu'aux riches, mais franchement tu devrais me croire, si je te dis que j'ai exclusivement l'intention de la cuisiner...

— Cuisiner ! objecta Brichot. Ça dépend à quelle sauce, d'abord !

— Obsédé ! jeta Corentin.

Il se déplaça vers la droite, rapport au soleil qui lui cognait en plein visage.

— Tu vois le mal partout, bon sang ! Si je convoque le valet de chambre, Damien, tu vas penser que c'est pour me le faire ?

— Déformation de l'habitude, ricana Brichot. Un Corentin, ça saute sur tout ce qui bouge. Alors...

Boris haussa les épaules.

— Au lieu de continuer à délirer, tu sais ce que tu vas faire ? Tu vas aller jeter un coup d'œil aux archives centrales de la PJ et t'assurer que tout ce joli monde — les Bréval, Damien Vernal, et même la petite Rose, n'y a laissé aucune trace. Routine, je sais, et sans espoir, mais sans quoi un flic ne serait pas un flic, pas vrai ? C'est-à-dire quelqu'un qui se cogne allègrement les boulots ingrats à quatre-vingt-dix pour cent de son temps de service.

— Et pendant ce temps-là, toi ?

— Moi je saute jusque chez la bonne, au sixième, puisque j'ai rencart avec elle. J'ai dit : je saute jusque chez elle. Je n'ai pas dit : je *la* saute. Nuance. Tu saisis ?

— Pas du tout. Si tu me faisais un dessin, Boris ?

CHAPITRE VI

Au sixième, l'étage des chambres de bonnes de l'immeuble de l'avenue Charles-Floquet, l'ambiance n'était plus du tout « High Tech ». Plutôt misère digne, style fin du XIXe siècle, avec toilettes au fond du couloir communes à tout l'étage.

Ce qui était beaucoup moins digne, c'était la tenue dans laquelle Rose accueillit Corentin qu'elle attendait visiblement avec une certaine impatience. La soubrette avait d'office troqué sa tenue de domestique de vaudeville pour ce qu'elle avait probablement de plus aguichant, selon elle. Une chemise de nuit pour laquelle l'adjectif transparent était un euphémisme. Boris la détailla. Rudement bien faite, c'était incontestable...

— Vous ne voyez pas d'inconvénient à ce qu'on parle un peu ? questionna-t-il.

— Pas du tout. Pourquoi ? C'est mon moment de repos avant la préparation du dîner...

Elle s'effaça pour le laisser entrer dans sa chambre.

— Excusez-moi, fit-elle en souriant. Je me suis mise à l'aise, ça ne vous gêne pas ?

Boris négligea la question. Ses yeux coururent rapidement sur le décor. Pas grand-chose à regarder. Un lit, une étagère avec des bouquins en éditions de poche, une petite commode, une penderie dissimulée derrière un store en lamelles de bois clair. Le seul objet de luxe, c'était, au chevet du lit, la platine.

— Vous savez, reprit-il, je ne vous demande pas de trahir votre patronne. J'ai besoin de mieux cerner sa vie et celle de son mari, c'est tout. Et il y a des choses qu'une employée de maison sait, parfois...

— Vous pouvez dire « bonne », le coupa-t-elle, ça ne me choque pas. Cela dit, si je peux vous aider...

— Vous êtes entrée très tôt, je crois, au service des Bréval ? Juste après leur mariage ?

— Trois mois après. J'étais très jeune...

— Et ils paraissaient, je veux dire, ils avaient l'air... murmura-t-il en essayant de ne pas regarder les masses lourdes et laiteuses des seins qui dardaient leurs pointes sous la chemise de nuit.

— Ils faisaient déjà chambre à part, l'interrompit-elle. C'est ça que vous vouliez me demander ?

— Par exemple. Selon vous, ils ne... Ils n'étaient déjà plus comme mari et femme ?

— Selon moi, ils n'ont jamais baisé, pour être précise. Je veux dire : baisé ensemble. Parce que séparément...

Boris Corentin sentait se déclencher des petites accélérations dans ses neurones.

— Ça a l'air de vous intéresser ? remarqua-t-elle par en dessous.

— Assez, oui.

Elle croisa les jambes sous la chemise de nuit, et se laissa tomber sur un coude au milieu du lit.

— Seulement j'aimerais bien que personne ne sache que je vous ai parlé !

— C'est bien pour ça que nous nous retrouvons ici. Clandestinement.

— Et puis c'est donnant-donnant, fit-elle en dévorant des yeux le policier athlétique qui semblait remplir de sa silhouette la petite chambre. Vous donnez quoi, vous ?

Corentin se retint de ne pas répondre : « Rien du tout ! » D'abord, ça n'aurait pas été très galant. Et puis ça aurait nui à l'enquête...

La soubrette rampa sur le lit, tordant une croupe qui était tout à son honneur.

— Si vous veniez plus près de moi ? souffla-t-elle.

Boris fit deux pas en arrière, contracté.

— On en était à la vie sexuelle séparée des Bréval ?

Rose éclata de rire.

— Tellement séparée que Bréval ne risquait pas de lui faire un enfant, à sa femme. Ni à aucune autre d'ailleurs.

— Qu'est-ce que vous voulez dire ?

— Tiens, vous êtes moins malin que je ne le croyais, alors ? Vous n'avez pas encore deviné que mon patron était pédé ?

Corentin tombait des nues. Suffoqué. Honteux aussi. Le truc qui vous saute aux yeux et que vous ne voyez pas. Gros comme une maison. Aveuglant tellement c'est gros. Le secret de polichinelle. Et probablement tellement secret que presque personne, même dans les milieux qu'il fréquentait et où ce genre de choses est dûment enregistré, n'était au courant. A dix contre un, il se paria que Brichot ne trouverait rien sur les penchants sexuels de Bréval dans les fichiers de l'Identité Judiciaire.

A y réfléchir, cette clandestinité absolue, et si rare, ça devait être le chef-d'œuvre de l'existence du député du Parlement européen mort dans un hôtel de la Bastille.

— Mais alors, il s'est vraiment marié rien que pour la façade ? questionna-t-il.

— Bien sûr. Respectabilité avant tout. Epouser Madame, c'était avoir un paravent super-efficace pour sa carrière. A part ça, il était prudent...

Elle s'arrêta.

— J'ai déjà beaucoup donné et vous rien du tout, constata-t-elle sur un ton de reproche.

— Ecoutez, murmura Corentin, j'ai peu de temps cet après-midi. Une autre fois si vous...

— Des clous, siffla-t-elle en l'attirant à lui, main droite passée dans sa ceinture. Si tu veux la suite de l'histoire, tu me fais l'amour ! Comme au poker : on paye pour voir !

Elle tira encore et il se laissa tomber sur le lit, essayant de se répéter que c'était pour l'enquête, pour le boulot, pour les besoins du métier de flic qui a aussi parfois de cruelles servitudes.

— Prends-moi, souffla-t-elle d'une voix hachée en l'enfourchant. Comme ça. Vite !

Elle était assise sur lui, cuisses de part et d'autre de ses hanches, chemise de nuit troussée haut sur une toison qui roulait en descendant pour l'avaler. Corentin se sentit violé. En un sens, c'était une expérience qui en valait la peine puisqu'elle était inédite...

La soubrette se caressait convulsivement contre le membre qu'elle avait réduit à sa merci. Elle poussa un cri rauque et s'assit dessus, tout à coup, jusqu'à la garde.

⁂

Au même instant, dans une grande chambre à coucher recouverte de velours rose — « couleur muqueuse » prétendait sa propriétaire — et dont les rideaux, roses aussi, étaient tirés sur la lumière du jour, une scène d'un genre assez différent, mais également dans la catégorie *corsé* se déroulait dans une villa discrète des environs de Paris.

Déjà nue, ondulante de toute sa chair blanche aux courbes généreuses, Emma Bréval s'était précipitée sur l'autre femme, attaquant fiévreusement des doigts son chemisier bleu ciel.

— Maud... Maud..., bafouilla la veuve du P-DG homosexuel de Ravel-Garonne. Si tu savais ce que j'avais hâte...

— Moins vite, fit Maud d'une voix brève. Tu vas déchirer mon chemisier.

Emma, les yeux hors de la tête, extasiée, extirpait des balconnets en dentelle noire du soutien-gorge deux seins superbes aux pointes très rouges comme deux grosses cerises mûres à point. Avidement, elle emprisonna des lèvres une des pointes et se mit à la sucer voluptueusement. Maud, de son côté, s'était penchée et, mains glissant le long du dos puis des hanches de la jeune femme, gagna ses fesses élargies par la position accroupie où elle se trouvait, fouillant sans ménagement les lèvres intimes qui y étaient nichées, déjà brûlantes et trempées de désir.

— Tu me rends folle, délira Emma qui, pendant ce temps-là, arrachait la jupe de Maud.

Nues enfin toutes les deux, elles roulèrent sur le lit dans un emmêlement de bras, de seins et de jambes que secouaient des tremblements nerveux.

Bientôt, elles furent toutes les deux couvertes de sueur. A un moment, ce fut Maud qui, sur Emma, bouche à l'intersection de ses cuisses ouvertes, la fouilla de la langue avidement. Puis ce fut Emma qui, renversant Maud, enfouit son visage dans le ventre de celle-ci comme si elle voulait entrer tout entière en elle. Elles dégringolèrent ensemble du lit et roulèrent à travers la pièce en un voyage incohérent dont la seule logique était la recherche frénétique d'un plaisir qui les inonda enfin ensemble, tête-bêche, soudées mutuellement à leurs volcans intimes en éruption.

Elles reprenaient haleine, haletantes, les yeux vagues, lorsque soudain Maud secoua sa crinière rousse aux reflets cuivrés.

— Tout s'est bien passé ? questionna-t-elle d'une voix hachée.

La réponse d'Emma vint comme d'un autre monde.

— A peu près comme prévu.

— Et David ?

— Au frais. Ça aussi, ça s'est déroulé comme convenu.

Celle qu'elle avait appelée Maud secoua sa crinière de feu.

— Et le carnet d'adresses de Serge ?

Emma eut un rire frais, presque innocent, enfantin.

— Arrête de te ronger pour rien. Le carnet est bien planqué, lui aussi, ma chérie !

Et elle entreprit de lui couvrir le visage de baisers.

***

C'était un superbe oiseau aux plumes d'un vert criard agrémenté de touches rouge feu à la pointe des ailes. De la famille des psittacidés. Autrement dit, un perroquet. Lorsque la jeune femme qu'Emma Bréval avait appelée Maud apparut, au bout du couloir, il tourna vers elle son énorme bec épais et crochu.

— Alerte générale ! Tout le monde au plumard ! se mit-il à vociférer d'une voix stridente.

La jeune femme s'était rhabillée et recoiffée. Elle sourit, haussa les épaules, et passa devant le perroquet en équilibre sur son perchoir.

— Tout le monde au plumard ! Le travail c'est la liberté ! Les dames n'attendent pas !

Bariolé de couleurs violentes comme une idole barbare, l'oiseau battait de ses courtes ailes en débitant ses insanités d'une voix de crécelle enrouée. Autrefois, Maud lui avait appris des choses plus relevées et poétiques. Seulement Frankeur, un patron de boîte de pub célèbre qui venait souvent chez elle à un certain moment, s'était amusé à lui mettre dans la tête ces phrases idiotes. Entre Frankeur et l'oiseau, ça avait été un vrai coup de foudre. Qui avait laissé des traces...

— Ça suffit Casanova ! Calme-toi, fit-elle en s'éloignant.

— Alerte générale ! Au plumard ! Au plumard ! glapit Casanova.

Elle était loin maintenant, au bout d'un couloir obscur qui n'en finissait pas, éclairé par de rares appliques en pâte de verre rouge.

— La patronne ne rigole pas ! avertit encore Casanova de sa voix qui arrachait les tympans.

La moquette sombre étouffait les pas de Maud. Ses escarpins noirs allaient dans une danse silencieuse d'une porte à l'autre, au long du couloir. Et il y en avait, des portes ! Rien que des portes, toutes pareilles, avec un numéro vissé dessus, des chiffres découpés dans du métal doré. Une enfilade interminable de portes distribuées par des couloirs qui se croisaient, tournaient, se perdaient aussi parfois dans les ténèbres derrière de lourdes draperies rouges.

Elle souleva le minuscule cache qui obstruait un œilleton. Toutes les portes numérotées étaient percées d'un de ces judas qui font loupe quand on regarde dedans.

La chambre, démesurément grandie et déformée par la lentille, était plongée dans la pénombre. Sur un lit immense deux très jeunes garçons dormaient, collés l'un à l'autre en chien de fusil, jambes emmêlées. Tous deux bouclés, blonds, avec des visages de jeunes dieux grecs. Au-dessus, un authentique dessin de David Hockney représentait deux autres adolescents endormis également dont ils étaient la réplique presque parfaite.

— Bien, fit Maud. Très bien.

Elle valsa gracieusement vers une autre porte et un autre œilleton. La chambre était mieux éclairée. On apercevait un grand miroir, au fond, qui reflétait le mur d'en face, laqué rouge.

Un garçon seul, plus âgé que ceux de l'autre chambre, était écroulé en travers du lit, sur le ventre, son long corps bronzé animé d'une légère respiration qui creusait régulièrement ses reins et soulevait ses fesses musclées.

— Parfait, fit la jeune femme. Très bien.

Encore trois, quatre portes, et autant d'œilletons.

A la cinquième porte, elle se figea.

Deux très jeunes hommes au profil vaguement négroïde et à la peau mate tournaient autour d'une femme blonde complètement nue qui dansait lentement, ondulant du ventre, roulant d'une hanche sur l'autre. Maud s'immobilisa, envahie d'un trouble qui lui fit oublier quelques instants sa fureur. Les fesses de la femme tournaient de plus en plus vite de façon absolument fascinante. L'un des garçons se rapprocha, en slip bleu, et, la prenant par la nuque, la courba doucement du buste vers son ventre. De la langue, du menton, des lèvres, elle entreprit de baisser le slip bleu. Sans s'aider des mains. L'autre s'était installé à hauteur de ses fesses, qu'il caressait avant de s'en emparer.

La tornade qui déboula dans la chambre les bloqua en plein élan. Maud avait les yeux hors de la tête, une veine saillait, battant le long de sa tempe.

— J'ai dit : repos le dimanche ! C'est le règlement.

Piteux soudain, les deux garçons essayaient de faire réintégrer leur logement d'origine à deux membres sombres et dardés. La jeune femme blonde s'était laissée tomber par terre, regard vide où se lisait une infinie frustration.

— Vous me désobéissez encore une fois et je vous vire ! glapit la patronne aux deux hommes.

Elle se radoucit soudain et, saisissant au passage le membre impressionnant d'un des garçons qui refusait toujours de réintégrer sa cachette, elle le caressa, glissant sa paume le long de la hampe gonflée.

— Ça me ferait de la peine, fit-elle à voix basse, d'être obligée de me débarrasser de vous.

***

Boris Corentin roula distraitement des épaules en slalomant entre les tables du *Mille-Feuilles,* un restaurant très branché du Marais où se servait, le dimanche, de délicieux *brunchs,* ce mixte anglo-saxon du petit déjeuner et du déjeuner...

— Baba doit avoir 24 heures sur 24 le directeur de la Police Judiciaire aux fesses, pour s'arracher comme ça.

Gérard Gromaire, directeur de la PJ depuis quelques années. La peau de vache parfaite. Un pif d'oiseau de proie qu'il fourrait absolument partout — au figuré — dans tous les services et toutes les affaires. Ce que les chefs de brigades détestaient comme la peste. Quand en plus il s'agissait d'un meurtre comme celui de Bréval, on ne pouvait plus le décoller...

— Figure-toi que Baba a travaillé lui aussi, reprit Corentin qui venait d'avoir au bout du fil la vieille voix tabagique de Charlie Badolini mélodieuse comme un violoncelle martyrisé par un mongolien hémiplégique.

Badolini en plein dimanche après-midi, chez lui, auprès de Suzanne, son épouse, au milieu de son living décoré de gravures anglaises représentant des scènes de chasse. Badolini en robe de chambre glapissant au téléphone parce que plus on avançait dans cette affaire, plus ça devenait de la dynamite.

— Pour commencer, grimaça Corentin, il m'a

presque engueulé parce que, au moment à peu près où moi-même je l'apprenais de la bouche de la soubrette des Bréval, lui-même se faisait rencarder par je ne sais qui, et découvrait le secret de polichinelle dont je t'ai parlé tout à l'heure : Bréval était homosexuel. Cela dit, très peu de gens le savaient. Jamais coincé, même au temps où les homos n'étaient guère tranquilles, avec la police...

— Un secret à peu près parfaitement gardé, quoi, fit Brichot en attaquant son œuf à la coque.

— Le goût du secret va avec le sens du pouvoir, Mémé, répondit Corentin. Le pouvoir *c'est* le secret. Et le pouvoir, Bréval aimait...

Il regrimaça. Rose, la soubrette de l'avenue Charles-Floquet, lui avait laissé des souvenirs en forme de longues griffures parallèles sur les omoplates.

— Heureusement, sourit Corentin, ce qu'il ne savait pas, c'est ce que la soubrette m'a dit ensuite. Ça lui en a bouché un coin, à Baba...

Brichot effaça de sa moustache une imperceptible traînée de jaune d'œuf. Récapitulant pour bien se rentrer dans la tête ce que sa flèche lui avait dit sur la vie conjugale du P-DG massacré. Le mariage de façade bien sûr, d'abord. Mais surtout les drames, au début de leur vie conjugale, qui avaient déchiré les Bréval. En réalité, Emma avait mis un certain temps à digérer une réalité dont son mari l'avait pourtant avertie avant le mariage. Il y a loin des principes qu'on accepte, comme ça, en pure théorie, à leurs conséquences vécues jour après jour dans l'existence quotidienne. Bréval ramenait des conquêtes à la maison et ça avait le don de la rendre folle. Jusqu'au jour où la situation s'était retournée. Elle était tombée amoureuse d'un des amants de son mari, engagé par celui-ci comme chauffeur. Bréval avait tout ignoré de leur liaison jusqu'au moment où elle était tombée enceinte. Ce fut au tour du futur député européen d'entrer dans une colère noire. Bien entendu le chauffeur fut jeté à la porte, et Emma contrainte d'avorter.

D'après Rose, Emma Bréval n'avait jamais pardonné à son mari. Depuis ce moment-là, ce qui les avait liés, c'était une jolie haine bien silencieuse et mijotée à feu doux.

— Ensuite, avait-elle poursuivi, Bréval a essayé d'être plus discret avec ses conquêtes. N'empêche que Damien, le valet de chambre, c'est encore un ancien amant à lui resté à son service... Et qui continuait jusqu'à ces derniers temps, à lui présenter des garçons... Sans rancune... Comme une vieille maîtresse devenue entremetteuse de son ancien amant...

Ça expliquait sa réflexion, à Damien, sur le meurtre de son patron par une femme. Invraisemblable, quand on savait la vérité. En effet. A moins que...

— A moins, avait fini par penser Corentin, qu'on se soit laissés avoir comme des bleus depuis le début et que la blonde de l'hôtel de la Bastille ait été tout simplement un garçon travesti en femme. Perruqué et maquillé dans le style des putes...

Restait à savoir si le travesti en question avait voulu ou pas la mort du PDG. Mais ça, c'était une autre histoire...

— Baba a vraiment mis le paquet, reprit Corentin en regardant Brichot siroter son jus d'orange au milieu des débris du *brunch* qui jonchaient la table. Il a fait fouiller le passé de Mme Bréval. Enfance riche, études dans un collège suisse. Mais son père qui dirige une usine de textiles dans l'Est meurt en laissant des dettes. Elle a alors 19 ans, elle est obligée de travailler. Maîtresse pendant plusieurs années d'un libraire de livres anciens chez qui elle est employée. Au moment de la grande vague féministe, elle se jette dans le mouvement, milite, manifeste, participe à l'organisation de meetings. Il paraît qu'on a des photos d'elle en train de crier des slogans à la tête de cortèges des années 70 protestant contre la répression de l'avortement ou le laxisme de la loi envers le viol. Tu te souviens des banderoles : « Terre des hommes, viol de nuit », « Un enfant si je veux, quand je veux », « Mon ventre est à moi », « L'usine aux ouvriers, l'utérus aux femmes », etc. Baba nous montrera tout ça demain...

Il avala une gorgée de café.

— Ce dont je ne t'ai pas encore parlé, c'est de ma visite dans les appartements d'Emma... Rose a absolument voulu que j'y aille avec elle. Après qu'elle se soit assurée, bien entendu, que sa patronne était sortie.

— Et elle a fait tout ça gratuitement, pour tes beaux yeux ? ironisa Brichot.

Boris le regarda avec des prunelles d'enfant qui vient de naître.

— Qu'est-ce que tu veux dire ?

— Que d'habitude on n'a rien sans rien, ricana Brichot. Mais je t'ai interrompu. Continue.

— Donc la chambre à coucher d'Emma, reprit Boris en haussant les épaules. Super-luxe bien entendu. Mais ce que la bonne voulait me montrer c'était, dans les tiroirs d'une coiffeuse Louis XV, toute une collection d'accessoires du genre qu'on trouve dans les sex-shops. Tu vois ce que je veux dire ? Entre autres, des godemichés de différentes tailles et en différents matériaux, avec des lanières pour se les attacher aux reins... Déduction ?

— Déduction, riposta Brichot, des trucs pour lesbiennes.

— Excellente déduction, mon cher Mémé. Qui tendrait à me faire penser que, si Bréval avait un penchant exclusif pour les hommes, son épouse, elle, circulait sans complexes d'un sexe à l'autre. Bref, le couple idéal.

— Comme tu dis.

Aimé Brichot regarda les autres tables, où jacassaient des familles entières traînant leur désœuvrement dominical.

— Moi aussi, j'ai fait des recherches, émit-il enfin. Ce n'est pas du gâteau, entre parenthèses, le Service central de l'Identité Judiciaire... Encore presque le Moyen Age, à l'heure de l'électronique !

Au cinquième étage du ministère de l'Intérieur, quelques locaux jaunis et des tiroirs métalliques débordant de fiches... Des employés maniant l'épiscope et comparant des centaines d'empreintes digitales. Une ambiance d'une autre ère... A part celui des voitures volées et celui des terroristes, aucun fichier n'est encore informatisé. Mais on commence à parler sérieusement de mettre de l'ordre et de la logique dans tout ça à l'aide d'ordinateurs... Un projet qui fait son chemin. Lentement...

— Sur Bréval, reprit Brichot, presque rien d'autre que ce que tout le monde sait. Juste un petit accroc, vers 18 ou 19 ans, une affaire vite étouffée de trafic de drogue. Tout petit trafic, semble-t-il. Son père, commissaire-priseur, a très vite fait rentrer les choses dans l'ordre. Bréval a repris sagement ses études et il a poussé son sursis jusqu'à 27 ans, comme on pouvait le faire à l'époque. 1958, il fait son service militaire en Algérie, au Service Photographique des Armées. Ça a dû le marquer, parce que, par la suite, après l'Indépendance, il a présidé des associations franco-algériennes d'échanges culturels. Il a même publié un livre, à l'époque, un plaidoyer pour le rapprochement des civilisations islamique et chrétienne. Comme il ne se privait pas de taper au passage sur Israël, il y a eu une assez violente polémique dans la presse, et il a eu bien du mal à se laver de l'accusation d'antisémitisme en prétendant qu'il n'était qu'antisioniste. Tu vois le topo ?

— A merveille.

— En réalité, il n'a jamais cessé de s'intéresser aux relations franco-algériennes. Récemment encore, il s'occupait d'une commission chargée d'étudier les problèmes de l'immigration...

— Ça élargit le champ de l'enquête, dis donc, tout ça ! gémit Corentin en agitant la main droite.

— Tu l'as dit. Ça l'élargit à l'infini. Comme il fourrait son nez partout, Bréval, n'importe qui est soupçonnable, en fin de compte...

Boris soupira.

— Revenons à nos moutons, émit-il, ça restreindra les hypothèses. Rien sur l'homosexualité de Bréval, évidemment ?

— Evidemment. Mais des détails, en revanche, sur Damien Vernal, son joli valet de chambre. Attends, j'ai tout en tête. Coincé gare Saint-Lazare, il y a huit ans, pour incitation à la débauche. Habitait à l'époque avenue de Clichy. Une autre inculpation pour attentat à la pudeur sur la voie publique. Du temps où l'homosexualité n'était pas encore dépénalisée. Enfance dans l'Est de la France. Mère allemande et père français. Employés de maison tous les deux. Le fils a suivi la filière familiale... Voilà. C'est tout.

Boris hocha la tête.

— Ce n'est déjà pas si mal... Si on n'était pas deux mais dix sur l'affaire ce serait encore mieux.

Il releva les sourcils.

— On pourrait peut-être quand même appeler Rabert et Tardet (1) à la rescousse ?

Brichot balaya la proposition.

— N'y compte pas, Boris. Ils sont depuis ce matin sur une affaire bien crade, bien dégueu.

— Comme on les aime, non ? grimaça Corentin.

— Un informaticien qu'on a retrouvé au septième

(1) L'autre équipe d'inspecteurs des Affaires Recommandées.

sous-sol du parking des Galeries Lafayette, le sexe coupé...

Corentin regarda par-delà les vitrages la rue étroite bombardée par un soleil aveuglant.

— En tout cas la clé de la mort de Bréval, si clé il y a, c'est dans le milieu homo qu'on la trouvera. Je vois ça d'ici.

— Ça nous oblige à faire l'impasse sur tout le reste. Activités financières, relations politiques, contacts multiples avec les autorités algériennes, etc. Tu ne crois pas qu'on sélectionne un peu vite ?

Boris leva la main, hélant le serveur.

— On n'a pas le choix, Mémé. On est seuls sur le coup, on est tenus à la discrétion la plus complète, on ne doit pas faire de vagues, et on doit quand même trouver le pot aux roses. Alors on fait un pari et on suit la piste sexe. Si l'expérience ne t'a pas appris que c'était en général la plus riche, c'est que toute ton éducation de flic de la Brigade Mondaine est à refaire...

Brichot haussa les épaules.

— Pari, pari, tu en as de bonnes. Les paris stupides, Boris, ça existe aussi, hein ?

CHAPITRE VII

Drapé dans une immense serviette éponge rouge qui masquait sa nudité, l'inspecteur divisionnaire Boris Corentin, très empereur romain en toge, se retourna vers son coéquipier.

— Serre les fesses, Mémé, on te regarde ! lâcha-t-il entre ses dents.

Juste derrière lui, nu aussi mais emmitouflé dans sa serviette éponge d'où dépassaient à peine son crâne chauve et ses lunettes de myope, l'inspecteur principal Aimé Brichot trottinait en serrant effectivement les fesses d'instinct, et en évitant de regarder à droite et à gauche, attitude assez peu excusable de la part d'un policier en service, même dans des conditions très particulières.

— Fous-toi de moi, grogna-t-il avec des regards traqués. Ça te plairait, toi, de te faire en...

Boris Corentin rit discrètement.

— Je suis sûr que je risque moins que toi !

Tout autour d'eux, dans la chaleur torride du sauna — au moins 70° — déambulait un échantillonnage complet de ce que Paris compte aujourd'hui comme catégories d'homosexuels. A peu près le catalogue intégral des différents styles de la *gay society* française. Depuis les trop virils, genre Hercules de foire moustachus avec des muscles de catcheur, jusqu'aux vraiment très efféminés tortillant des fesses comme personne n'a jamais vu aucune femme le faire. Entre les deux, des catégories intermédiaires, moins voyantes. Physiques de jeunes cadres avec seulement une petite boucle d'oreille comme signe de reconnaissance. Vieux pédés enfin, ceux de l'ancien temps, quand l'homosexualité était encore réprimée comme délit.

Ça se croisait, se recroisait, se cognait, s'asseyait, draguait, repartait, se souriait, déambulait en se tenant par la main. Disparaissait, de temps en temps, en couples, par des portes discrètes à moitié dissimulées derrière d'immenses plantes vertes.

Là-dessus passait du rock genre coups de boutoirs au synthétiseur. Lou Reed. David Bowie. *Samouraï. Original Mirrors. Ombre Jaune.* Rien que les stars qui font chavirer l'âme sensible de l'homosexuel moyen, en général...

— Pourquoi dis-tu que je risque plus que toi ? gémit Brichot. Pour me flanquer la frousse ?

— Parce que les petits chauves dans ton genre qui fleurent bon le miroton du foyer conjugal, ça émeut, mon vieux. Tu crois que tous les homos sont pédophiles ? Pas du tout. Il y en a plein qui craquent pour les pères de famille. A mon avis tu as toutes tes chances !

Ils s'assirent sur un grand banc de bois, écrasés par la torpeur. *L'homme qui rit*, l'établissement de la rue Le Verrier où Damien Vernal, le valet de chambre des Bréval, leur avait indiqué qu'il se trouvait au moment de la mort de son maître, était une sorte de Jardin d'Eden pour homos de 600 mètres carrés. Avec sauna, salle de rayons UVA, douches, hammam, salles vidéo, cabines de relaxation, massages, etc. Sans oublier la piscine, entourée d'une forêt de plantes vertes et cernée de colonnes à l'antique, corinthiennes ou doriques, en faux marbre, qui alternaient avec des répliques de statues grecques ou romaines comme le *Discobole* ou *Laocoon*. Pour Brichot et Corentin, c'était le dépaysement absolu. L'impression de se promener dans un autre monde. Une autre société, parallèle à la dominante, et parfaitement organisée avec ses rituels, ses structures, sa culture, ses habitudes.

— Incroyable, siffla Brichot. Tout ce monde se balade à poil sans complexes avec les bijoux de famille en devanture !

— Les mieux montés seulement, corrigea Corentin. Les autres planquent leurs prétendus appâts, tu vois bien. Ça ne les empêche pas de mater les « arguments » de leurs voisins. Regarde le type, là-bas...

Un sexagénaire, au bas mot. Cheveu rare et blanc, lissé en arrière. Visage maigre, yeux cernés de violet, bouche un peu rentrée, comme aspirée déjà par une vieillesse dévastatrice et sans pitié, scrutant éperdument au niveau du ventre les athlètes qui passaient et repassaient sous son nez. Pathétique.

— Qu'est-ce qu'ils se sont fourrés autour du sexe ? s'exclama Brichot en montrant deux ou trois éphèbes qui circulaient dans le plus simple appareil.

— *Cockring*, ça s'appelle. « Anneaux d'amour » si tu préfères... Un truc dont les homos raffolent. Ça permet de bander des heures sans jouir, paraît-il.

Il y en avait de plusieurs types, et Brichot les détailla, œil rond derrière ses lunettes. En général c'était une simple bague de cuir à la racine du membre, mais d'autres fois les lanières couraient tout le long de la verge. Certaines enlaçaient les testicules, les séparant presque totalement du pénis. L'un d'eux, même, exhibait un attirail particulièrement sophistiqué fait de lanières multiples et terminé par des poids métalliques qui tintaient les uns contre les autres, sous les testicules, comme des clochettes d'un genre assez spécial...

Brichot en resta sans voix trois minutes, digérant ses découvertes.

— Pendant que tu t'imprègnes de l'atmosphère, décida Corentin, souriant, moi je vais faire un tour au bar. J'ai quelques petites vérifications à faire, concernant Damien Vernal, tu te souviens ?

Brichot bondit, livide.

— Ne me laisse pas seul, Boris !

Corentin sourit.

— Dois-je te rappeler que tu es policier à la Brigade Mondaine, Mémé ? Et que tu es censé en avoir vu bien d'autres ?

***

Resté seul, Brichot se laissa retomber sur le banc. Dégoulinant de sueur. Là-bas, on aspergeait d'eau les dalles brûlantes d'où montait instantanément de lourdes colonnes de vapeur.

Pour se donner une contenance, il attrapa une revue qui traînait par terre. *La Vie en Rose* ça s'appelait. Il l'ouvrit. Et immédiatement la referma. Puis la rouvrit de nouveau. Les oreilles de plus en plus rouges au fur et à mesure qu'il la feuilletait.

Page après page, ce n'étaient que des photos qui, en gros plans, détaillaient de manière très *hard* tout ce que peuvent se faire deux ou plusieurs garçons quand ils disposent d'une santé à toute épreuve et de lubrifiants efficaces. Des pubs pour les lubrifiants, il y en avait aussi d'ailleurs. Avec photos à l'appui pour qu'il n'y ait pas d'équivoque sur le mode d'emploi. Un peu plus loin, c'était d'autres pubs pour des slips spéciaux. Nylon transparent très moulant. Ou cuir noir agneau. Ou lacés le long du sexe. La plupart étaient présentés avec la mention « dos non couvert »... Ce qui devait vouloir dire que les fesses restaient libres... Il tourna plusieurs pages et tomba sur les petites annonces.

Du coup, ses oreilles passèrent du rouge au cramoisi. Il se mit à les parcourir.

« Marié ? Divorcé ? Tu cherches un ami ? J'ai 33 ans, mince, très poilu, sportif, j'aime qu'on s'intéresse à mon cul avec une queue bien tendue et bien dure. Et si tu étais celui que je cherche ? »

« Biarritz. Recherche j. h. 18 à 25 ans qui aimera passer sa main dans ma braguette, me caresser à travers mon slip, me sucer et m'avaler. »

Et ça continuait comme ça sur quatre pages pleines ! Estomaqué, Brichot siffla entre ses dents.

— Excusez-moi, c'est mon journal.

Il faillit sursauter. Un très beau garçon blond venait de s'asseoir à côté de lui. Tout près. Vraiment très près.

— Remarquez, reprit-il, si vous ne l'avez pas fini je vous le laisse... Vous venez souvent ici ?

Brichot lui tendit précipitamment *La Vie en Rose* comme si c'était un flacon de nitroglycérine et balbutia que non, pas très souvent... En se demandant combien de temps l'autre allait l'envelopper de son regard de biche langoureuse en pleine saison des amours.

— Je m'appelle Tony, murmura-t-il. Et toi ?

— Aimé, bafouilla Brichot entre deux eaux.

— Superbe, apprécia Tony amoureusement. Aimé... C'est déjà tout un programme... J'espère que tu tiens les promesses de ton nom, dis ?

Brichot sentit qu'il se liquéfiait. Il était tombé sur le chasseur de chauves que lui avait décrit Corentin. L'homo qui n'aime que les dégarnis du crâne. Les vieux mariés qui sentent la cuisine bourgeoise. Les hétéros hésitants troublés par la jeunesse.

— Tu as quel âge ? vibra Tony.

Il avait laissé une main se glisser sur la cuisse du policier de la Brigade Mondaine. Brichot se recula légèrement.

— C'est la différence d'âge qui te fait peur, mon

chou ? Tu as tort, moi j'aime les hommes mûrs, qui savent se donner à fond. Normal : c'est quand on sait que les années sont comptées qu'on a envie de se défoncer !

— Hé ! glapit Brichot brusquement vexé. Vous me prenez pour qui ? Je suis moins vieux que vous l'imaginez ! La carte vermeil c'est pas pour demain !

Il avait jailli sur ses pieds, indigné.

— Prenez un billet d'avion pour Moscou et payez-vous le *Politburo* au grand complet. Ils ont presque tous soixante-dix ans passés. C'est dans vos âges, ça, non ?

Corentin rappliquait. Il vira vers lui.

— C'est vrai, merde ! Il me prend pour un débris du troisième âge, le mec !

***

La canicule, à l'extérieur, n'avait pas grand-chose à envier à l'atmosphère qui régnait dans le sauna de la rue Le Verrier.

— Ça n'a pas été trop dur de tirer les vers du nez au barman ? interrogea Brichot qui reprenait un peu d'assurance maintenant qu'il était habillé et qu'ils avaient échappé à la « planète homo »...

— Il m'a aidé, au contraire, sourit Boris. Il m'a d'abord proposé de me faire rencontrer des jeunes garçons dont il m'a montré les photos. Moyennant finances, bien sûr. C'était le flagrant délit de proxénétisme servi sur un plateau. J'ai décliné ma qualité de policier et il est rentré sous terre. J'en ai profité pour lui parler de Damien Vernal, c'était le bon moment, non ?

— Et alors ?

— Il était là, en effet, le jour où son patron est mort. Avec un certain Steve. Son « régulier », semble-t-il. Mais le barman le connaît à peine. D'après lui, ce n'est même pas son vrai nom. Il m'a quand même donné un signalement : la quarantaine, brun, presque obèse. Une petite chaîne au cou avec une main de fatma en argent sur la poitrine...

Brichot redressa de l'index ses lunettes.

— Et on fait quoi avec tout ça ?

Corentin éclata de rire.

— On continue à patauger, cette idée ! On dirait que tu n'as jamais fait une enquête de ta vie !

Brichot suivit d'un regard intéressé une fille à vélo qui pédalait allègrement dans la brume de chaleur, dansant au-dessus de la selle de ses fesses rondes épanouies dans un short très mini.

— J'ai bien envie d'aller lui rendre une nouvelle visite, à Damien, décida soudain Corentin. Des fois qu'il saurait, lui, le vrai nom de son ami Steve...

***

Au troisième coup de sonnette, sur le palier de l'appartement des Bréval, avenue Charles-Floquet, la silhouette de Rose, en soubrette de comédie, surgit dans l'ouverture de la porte.

— Vous ? fit-elle en essayant de sourire.

— Damien n'est pas là ? questionna-t-il.

Il avait attendu une demi-heure, en bas, hésitant à monter. Il ne s'était décidé qu'en voyant enfin sortir Emma Bréval qui s'était dirigée vers une grosse Mercedes 280 noire garée un peu plus loin qu'elle avait fait démarrer dans une accélération digne d'une course-poursuite dans un *thriller* américain. En principe, à part les domestiques, il n'y avait plus personne chez les Bréval.

— Il est allé faire des courses pour Madame, répondit Rose en virevoltant, histoire de faire voler sa jupe sur sa paire de jambes parfaites. Des plantes... Chez des pépiniéristes de banlieue. Il ne rentrera pas de sitôt. Vous aviez encore des questions à lui poser ?

Boris Corentin nota qu'elle avait retrouvé l'usage du vouvoiement.

— Nous autres flics, on n'en finit pas de poser des questions, vous savez...

Elle éclata de rire.

— Ça oui, alors !

Il l'examina de plus près. Depuis un instant, il la trouvait bizarre. Pas comme l'autre fois. Un changement imperceptible, presque inexprimable. Il la scruta encore plus attentivement. Les yeux, c'était ça, il y avait quelque chose de changé du côté des yeux. Légèrement rougis aux paupières, prunelles dilatées... Et puis ce rire trop fort, cette voix légèrement vibrante...

Il avança.

— Je peux entrer quand même ?

Elle s'effaça.

— Je vous ai dit tout ce que je savais, Monsieur l'inspecteur.

Impossible d'imaginer que c'était la même qui s'était précipitée sur lui, hier, comme une Bacchante déchaînée, un tourbillon de chair ivre et dévorante. Plus rien de la soubrette-panthère qui avait exigé sa ration d'amour, avant de parler...

Du coup, le soupçon devenait éblouissement : la came vous détache du sexe, c'est archiconnu. Les drogués ne s'intéressent plus à l'amour, quand ils sont raides défoncés. *Stoned.* Ce qui n'était peut-être pas tout à fait le cas de Rose, mais ça n'en était pas loin...

Il la saisit par le bras.

— Où est-ce ? jeta-t-il entre ses dents.

— Quoi ? Vous êtes fou !

Elle se débattait, hagarde brusquement.

— Non, je suis policier ! La saloperie que tu te colles dans les veines, où tu la caches ? Les seringues ? Les sachets ?

Rose se mit à hurler. Le flash dû à l'héroïne la

rendait complètement paranoïaque. Elle crut qu'il allait la tuer. Terrorisée, elle se déballonna sans hésiter.

— Le cabinet de toilette, près des cuisines. Le cabinet de toilette réservé aux domestiques...

— Montre-moi le chemin.

Littéralement portée, soulevée de terre par la poigne de Boris, elle se retrouva avec lui dans le réduit en question. Un lavabo, une glace, une armoire de toilette. Quelques étagères.

D'où Corentin fit dégringoler les objets l'un après l'autre. Jusqu'à ce qu'il trouve enfin plusieurs seringues qui n'avaient pas encore servi. Il s'acharna, dévasta l'armoire de toilette.

Les sachets d'héroïne étaient coincés dans le siphon du tuyau de vidange du lavabo. Trois petits sacs de plastique transparent hermétiquement clos.

— Tu parles ou tu dînes ce soir en cabane ? Qu'est-ce que tu préfères ? Qui te fournit ?

Hagarde, Rose se mit à tourbillonner des globes oculaires.

— Je ne sais pas ! Laissez-moi ! C'est eux ! Ils m'ont fait replonger. Toujours. A chaque fois. Même quand je voulais arrêter. Ils me fournissaient. Quand j'étais en manque, ils savaient ce qu'il fallait faire...

Il la fit répéter plusieurs fois pour être bien sûr de ce qu'elle disait. Rose avait tâté très jeune de la drogue. C'est d'ailleurs comme ça qu'elle était entrée au service des Bréval. Parce que Serge Bréval présidait à l'époque une Association d'aide aux drogués. Elle commençait une désintoxication quand elle avait été engagée. Discrètement ils l'avaient « aidée » à replonger. En laissant traîner des accessoires d'abord. Puis un sachet d'héroïne. Un autre... Ils n'avaient été satisfaits qu'en constatant qu'elle était bien « accro », parfaitement soumise. La vraie petite esclave dont ils avaient besoin.

Scrupuleusement discrète sur leur vie privée, à Serge et à Emma, parce que totalement dépendante d'eux.

De plus en plus intéressant. Décidément, le mystère s'agrandissait tous les jours. Révélant des dédales secrets pratiquement sans limites, qu'on aurait continué éternellement à ignorer si Bréval ne s'était pas fait massacrer bêtement un beau jour, dans un hôtel crasseux de la place de la Bastille...

Il passa une main douce sur la chevelure de la soubrette.

— Tu sais ce qu'on va faire ? murmura-t-il. Ta patronne n'est pas là et tu as besoin de te reposer. Tu vas remonter dans ta chambre. Quand tu iras un peu mieux, tu me parleras encore. Si tu veux bien. Il y a des tas de choses que j'aimerais savoir... Tu ne crois pas qu'ils t'ont assez démolie comme ça ? Tu as besoin d'aide et moi je peux t'aider. Tu as confiance en moi, non ?

Elle leva vers lui des yeux qui disaient qu'elle voulait bien le croire, mais qu'elle croyait surtout que c'était trop tard.

CHAPITRE VIII

Au bar, installé sous des lumières rouges étouffées, dans le fond d'une des quatre grandes pièces qui occupaient le rez-de-chaussée de la villa, un couple était assis sur des tabourets, mains tendrement enlacées. Deux hommes, l'un barbu et l'autre moustachu, qui se regardaient sans parler avec de la passion dans les yeux...

Plus loin, dans l'ambiance rendue encore plus feutrée par la moquette violette épaisse et les rideaux de velours, à des tables de deux ou de quatre, d'autres couples bavardaient, se caressaient assez chastement, s'enlaçaient rapidement, se déposaient des baisers furtifs sur la bouche. De temps en temps l'un d'entre eux riait un peu trop fort et s'arrêtait net, comme semblant s'excuser d'avoir brisé un instant l'atmosphère générale de bienséance et de discrétion. On était entre gentlemen, ça se voyait au premier coup d'œil. Notables de la région, anciens condisciples des grandes écoles restés amis malgré les vicissitudes de la vie, médecins, avocats, industriels venus de Paris ou d'ailleurs. Tous stricts, élégants. Quelques-uns avaient dépassé la cinquantaine. Les autres, plus jeunes, plus décontractés aussi, avaient entre 30 et 16 ou 17 ans...

Tête légèrement renversée en arrière, debout dans l'embrasure de la porte-fenêtre, Maud, la maîtresse des lieux, respira avidement les odeurs de sève puissante, les bouffées âcres d'herbe et de frondaisons qui montaient du parc de sa propriété et de la forêt de Saint-Germain avec laquelle cette propriété avait un interminable mur mitoyen. Senteurs de hêtres, de charmes, de pins, de châtaigniers, de merisiers, d'érables. De temps en temps, dans le lointain, une chouette poussait un long appel caverneux. La nuit était délicieusement fraîche, après la torpeur écrasante de la journée.

« J'ai peur, songea Maud. J'ai les tripes tordues de peur. Je n'arrive pas à comprendre pourquoi... »

Elle secoua la tête, se redressa. Ce n'était pourtant pas son genre, habituellement, d'avoir la trouille sans motif. Comme maîtresse femme, on pouvait trouver difficilement mieux qu'elle a tous points de vue. N'empêche qu'elle avait, depuis deux jours, la pétoche.

Narines dilatées, crinière rousse frémissante dans la brise de la nuit, elle respira encore un instant l'haleine merveilleuse de la nature.

« Tout va bien, ma vieille, s'exhorta-t-elle. Tout va admirablement bien. Qu'est-ce qui t'arrive ? »

Trente-sept ans. Une silhouette à donner des envies de viol à tout un monastère zen voué à la chasteté définitive. Un visage d'ange dans le style Catherine Deneuve, ou à peu près, c'est-à-dire le comble de la perfection dans la catégorie BCBG. Un long corps tout en courbes douces et voluptueuses. Une véritable perfection. Et en plus, une façade sociale à toute épreuve.

Pour ceux qui, cette nuit, comme tous les soirs, bavardaient dans les pièces du rez-de-chaussée ou s'étaient rendus, plus discrètement, dans les chambres des étages supérieurs, elle était *Madame Maud.*

La patronne.

Personne ne prononçait jamais son vrai nom : O'Casey. Maud O'Casey. Lointaine origine irlandaise perdue dans la nuit des temps. Qui ne lui avait laissé qu'un nom. Lequel avait été oublié par tous ses clients. Qu'elle ne considérait d'ailleurs pas comme ses clients mais comme ses plus chers amis. Du moins, c'est ce qu'elle n'arrêtait pas de répéter.

Pour eux, elle était *Madame Maud*. Plus qu'une femme. Une légende. Une providence. Presque un foyer.

Une adresse qu'on se repassait de bouche à oreille dans un certain milieu. Entre homosexuels friqués entre deux âges. Ceux des générations d'avant le déferlement d'exhibitionnisme gay qui a débarqué d'Amérique en Europe il y a quelques années avec ses cuirs et ses chaînes.

C'étaient des délicats, les « amis » de Madame Maud. Des timides presque. Des homos de l'ancien temps. On serait presque tenté de dire : de l'ancien régime. Ils avaient besoin qu'on y mette les formes, *avant*.

Madame Maud avait compris tout cela il y avait plusieurs années. Elle avait vu comment les choses tournaient dans le milieu homo. Et deviné qu'il y allait y avoir énormément à gagner avec les quadragénaires ou quinquagénaires de la Haute déboussolés par le raz-de-marée gay dans lequel ils se reconnaissaient mal.

Elle n'avait guère de mérite à avoir vu le vent venir, pensait-elle. Elle avait suivi simplement les conseils de Werthes. Marc-Edouard Werthes. Son premier amant. Trente ans de plus qu'elle. Résolument bisexuel. Et professeur d'Université très célèbre. Historien archi-connu. L'homme le plus intelligent qu'elle avait jamais rencontré. Elle avait été son élève, à l'Ecole des Hautes Etudes. Ils étaient devenus amants et, grâce à lui, grâce à son double penchant pour les hommes et pour les femmes, à égalité, elle avait connu de l'intérieur le milieu homo. Elle avait écouté scrupuleusement ce qu'en disait Werthes. Ses analyses de la situation. Elle avait su en tirer les conséquences, après sa mort, quand on l'avait retrouvé le crâne défoncé à coups de manivelle de voiture, dans un terrain vague, près d'Asnières. Une mort d'homo. Un assassinat jamais éclairci qui rappelait un peu celui du cinéaste Pasolini massacré sur une plage de Rome, à Ostie...

Elle passa une main distraite sur ses seins qui tendaient un tee-shirt en jersey rose fluo de chez « Nulle Part Ailleurs »... Madame Maud, en dehors du cercle des habitués de la villa, personne ne connaissait. Le fisc n'avait affaire qu'à Maud O'Casey, propriétaire d'un terrain de trois hectares et de quelques chevaux, un minuscule haras bien pratique pour justifier ses bénéfices. Lesquels ne venaient nullement de l'élevage, bien entendu, mais la « couverture » jusqu'ici s'était révélée très efficace.

Qui est-ce qui aurait deviné que cette immense villa néo-gothique construite vers 1910 avec des tourelles compliquées, des clochetons, des vérandas, des escaliers tournants en profusion, abritait une sorte de « Club » de rencontres tout ce qu'il y avait de plus clandestin réservé à la fine fleur de la société homosexuelle ? Qui aurait pu supposer qu'à Saint-Germain-en-Laye, à 21 kilomètres de Paris, en bordure de la célèbre forêt et non loin d'un château qui fut le berceau de la famille royale de France, Madame Maud régnait sur une sorte de bordel huppé où elle offrait chaque nuit à des clients de choix ce qu'il y avait de mieux dans la catégorie *étalons*, comme elle disait elle-même en éleveuse de canassons ?

Elle se rapprocha d'un groupe qui papotait. La voix un peu aiguë de Fred Pontalice, juge pour enfants, dominait les autres. A Farid assis près de lui, un Maghrébin de la troisième génération beau comme un pâtre grec peint par Puvis de Chavannes, il expliquait avec nostalgie ce qu'avaient été les plaisirs et les peines d'un homosexuel dans les années cinquante...

Elle écouta un instant puis s'éloigna à nouveau. Un peu plus loin, deux messieurs à rosette discutaient gravement. Le plus volumineux des deux, presque obèse, avait fondé au début des années soixante un club homosexuel, le premier en France. *Géorgiques*, ça s'appelait. Un nom ronflant derrière lequel s'abritait un local minable, dans le XIIIe arrondissement, où, le dimanche, on organisait des après-midi dansants... Certains soirs, une cinquantaine de personnes s'entassaient pour écouter des conférences sur l'art grec ou les religions africaines. Prétexte à passer des diapos où on voyait des Noirs dans le plus simple appareil...

Comme elle passait près de lui, le pionnier de *Géorgiques* retint Madame Maud un instant :

— Au fait, je ne vous ai pas dit, chère amie ? Une bonne nouvelle ! Une recrue de choix. Maître Beynet.

— L'avocat ?

— Bernard Beynet en personne. Avec les relations qu'il a, tout le Barreau va déferler chez vous, Maud...

Madame Maud sourit.

— Ne parlez pas de malheur, minauda-t-elle. La villa ne va bientôt plus être assez grande. Je vais être obligée de faire construire des annexes !

Elle avait masqué le feu qui s'était allumé dans ses yeux, au nom de Maître Beynet. Pas exactement pour les raisons qu'imaginait l'ancien créateur du premier club homo de France. Pour de tout autres motifs. Qu'elle ne tenait absolument pas à faire partager à quiconque.

Elle enveloppa du regard le décor des salons en

enfilade. Des bouquets de fleurs un peu partout, de grandes reproductions de statues grecques en plâtre représentant des anatomies masculines parfaites. Et là-bas, derrière le bar, Léo, immense dans sa veste blanche de barman. Immense et silencieux. Et pour cause : Léo était muet de naissance ou presque. Une vraie tombe. Résultat d'une méningite mal soignée alors qu'il était encore au berceau... Pour Maud, c'était une infirmité providentielle. Tout ce que voyait Léo, tout ce qu'il apprenait, tout ce qu'il emmagasinait comme spectacles, nuit après nuit, tombait dans un puits sans fond. La perspective d'avoir dans son personnel des apprentis maîtres chanteurs avait été longtemps un de ses cauchemars.

D'autant plus que le chantage, s'il devait avoir lieu un jour, il viendrait d'elle. De personne d'autre.

Depuis le début elle tenait ses fiches à jour. Minutieusement. Reconstituant patiemment les carrières de ses habitués, opérant des recoupements multiples, fouillant dans leur vie privée. Accumulant les renseignements. Cherchant les failles derrière les réputations en béton.

Ses préférés, c'était la catégorie à laquelle appartenait Maître Beynet, dont l'ex-patron de *Géorgiques* venait de lui parler. Les « à voile et à vapeur » comme on disait autrefois. Marié, père de famille insoupçonnable... Un pied dans chaque camp. Et aucune envie que ça se sache.

Un jour, elle récolterait les bénéfices de ses efforts. Elle offrirait son silence à tout ce joli monde en échange d'énormément d'argent. Des scandales étouffés, ça n'a pas de prix. Ensuite, elle s'en irait à l'autre bout du monde...

Elle pivota sur les talons et gagna le hall d'entrée. Quatre à quatre elle grimpa l'escalier de marbre. Au premier, dans un minuscule boudoir éclairé d'appliques bleuâtres, elle décrocha le combiné téléphonique placé près d'un fauteuil, sous un guéridon, et pianota un numéro.

— J'ai un joli coup en préparation, annonça-t-elle dès qu'elle entendit la voix masculine, au bout du fil.

— Tu ne crois pas qu'on pourrait attendre un peu ? grogna son interlocuteur. L'histoire Bréval fait encore des vagues, tu sais ? Avant que ça se tasse...

— Steve, l'interrompit Madame Maud, tu as envie de décrocher ?

L'autre se cabra.

— Qu'est-ce qui te permet de dire ça ? Simplement, je ne crois pas que ce soit très utile d'accumuler les problèmes. J'ai déjà du mal à empêcher David de cavaler. Il commence à gueuler parce que je l'enferme. Il a même essayé de me piquer la clé, hier soir...

— Calme-le. Propose-lui un supplément. L'argument fric, c'est le meilleur des sédatifs. Pour tout le monde...

*
**

Une fois de plus, elle fit le tour du propriétaire. Examen complet des chambres. Une par une. Sur deux étages. Avec comme à chaque fois l'impression d'être la reine des abeilles d'une ruche extrêmement sulfureuse visitant et inspectant méthodiquement ses innombrables alvéoles.

Le succès de l'établissement de Madame Maud ne venait pas seulement de sa discrétion, du bon goût feutré dans lequel les pires débordements y étaient enveloppés. Il venait aussi en grande partie du luxe d'imagination qu'elle avait déployé pour décorer et aménager chaque chambre. De quoi y satisfaire les fantasmes les plus bizarroïdes.

Il y avait par exemple la chambre « égyptienne »,

décorée de fresques qui reproduisaient assez fidèlement celles d'une des plus somptueuses tombes de la Vallée des Rois.

Il y avait la chambre « spatiale », complètement futuriste, aménagée comme l'intérieur d'une capsule interplanétaire, toute clignotante de consoles de contrôle et agrémentée d'une sono grâce à laquelle une voix d'employé de la NASA égrenait un compte à rebours qui était censé préluder au « décollage » des amants qui se trouvaient dans la chambre.

De chambre en chambre, œilleton après œilleton, elle s'assura que tout tournait rond.

Brusquement, elle quitta l'œilleton devant lequel elle s'était immobilisée et regarda l'apparition, au fond du couloir.

— Willy! s'écria-t-elle d'un ton de reproche glacial. Qu'est-ce qui vous prend? Vous savez que j'ai horreur du laisser-aller.

Il était absolument interdit de se promener dans les couloirs de la villa autrement qu'en tenue de ville. Et c'est exactement ce que ne faisait pas Willy Gilson, universitaire éminent, chargé de cours à Sciences-Po et à la Sorbonne, et accessoirement homosexuel de la plus belle eau, qui venait de surgir dans le couloir, uniquement vêtu d'un caleçon. Un très joli caleçon rayé bleu et blanc, d'ailleurs, à braguette largement ouverte.

— Qu'est-ce qu'il y a? essaya-t-il de plaisanter timidement. Vous n'aimez pas les caleçons? Vous savez que c'est de plus en plus à la mode?

— Ça suffit, le coupa la jeune femme qui ne songeait pas du tout à rire. Qu'est-ce que vous voulez?

Willy Gilson se recroquevilla comme un gamin pris en faute.

— La gégène, fit-il d'une toute petite voix. On

a demandé, il y a un quart d'heure, par l'interphone, mais personne ne vient...

Gilson avait fait la guerre d'Algérie dans une unité de parachutistes où on pratiquait assez volontiers les interrogatoires à la gégène. Quand il était entré en contact avec Madame Maud, il lui avait confié son rêve : se faire à son tour « interroger » par un des jeunes gens qui peuplaient la maison. Si possible d'origine arabe...

Chez Madame Maud, le client était roi.

A condition, bien entendu, de respecter le règlement.

Elle le fusilla du regard.

— Je vous fais envoyer le matériel. Rentrez dans votre chambre.

Il se voûta, confus.

— Merci, excusez-moi, bafouilla-t-il en tournant les talons.

Elle le regarda s'éloigner avec une nuance de mépris dans les yeux. Race de dégénérés ! Tous malades, tous détraqués, avec leurs fantasmes de plus en plus compliqués...

Dont elle tirait pourtant des bénéfices fabuleux.

Elle disparut à l'autre extrémité du couloir.

Des profondeurs de la villa, une voix de crécelle se mit à glapir :

— Tout le monde au plumard ! La patronne ne rigole pas !

Elle sourit vaguement. Parfois, elle se demandait si le seul être humain, dans cette maison, ce n'était pas Casanova, son perroquet. Le seul en tout cas qui disait la vérité. Qui « parlait vrai », comme on n'arrête pas de dire aujourd'hui.

En tout cas, à propos de « vérité », il y en avait une qu'il vaudrait mieux que la police ne trouve jamais : la raison pour laquelle Serge Bréval avait été tué... Rien que d'y penser, elle se remit à transpirer.

CHAPITRE IX

Le trajet jusqu'au Champ-de-Mars au volant de la R 14 prise dans le parc de la PJ, Boris Corentin s'était promis d'en profiter pour faire le point, une fois de plus, sur une affaire qui n'arrêtait pas de leur fuir entre les doigts comme du mercure, à Brichot et à lui. Un coup encore plus tordu qu'ils ne l'avaient prévu, au début. Ce qui l'inquiétait le plus, à vrai dire, c'est que d'habitude, au lieu de lui mettre le moral à proximité du zéro, les coups vraiment tordus fonctionnaient comme de vrais excitants pour son instinct de chasseur. Mais là rien. Ce qui s'appelle rien.

Il abaissa son pare-soleil pour échapper au mitraillage éblouissant qui le frappait en pleine figure.

Evidemment, la « voie royale », si on pouvait dire, de toute l'affaire, c'était l'homosexualité de Bréval. D'autant plus intéressante que cachée avec un soin féroce. A partir de là, comme de juste, la « voie royale » était bordée d'une foule de panneaux de signalisation en forme de points d'interrogation.

Depuis hier au soir, Boris Corentin avait un nouveau nom à se mettre sous les crocs. Même pas un nom d'ailleurs. Juste un prénom. *David.* Rien que ça. Tout ce qu'avait pu lui jeter Rose, la soubrette, lorsqu'elle avait commencé progressivement à se dé-speeder. A réémerger de l'incendie crépitant de l'héroïne qui flambait dans ses veines, quand il était arrivé chez sa patronne, avenue Charles-Floquet.

Ramenée dans sa chambre de bonne, Rose avait mis une bonne heure à sortir plus ou moins des vapes. David, c'était le prénom, d'après elle, du dernier petit ami du P.-D.G de Ravel-Garonne. Elle ne l'avait jamais vu, mais elle avait surpris une engueulade téléphonique, récemment, entre Bréval et lui, et en avait déduit au ton suppliant de son patron, qu'il l'avait littéralement dans la peau. A part ça, bien entendu, elle ne savait pas le principal. C'est-à-dire son nom. Ni comment Bréval et lui s'étaient rencontrés.

Ça faisait quelques questions nouvelles qui venaient s'ajouter à celles qui se bousculaient déjà au portillon dans l'esprit de Corentin. Pourquoi les Bréval tenaient-ils tellement à garder leur soubrette, Rose, sous l'empire (comme on dit) de la drogue ? Où et par qui se procuraient-ils l'héroïne qu'ils distribuaient généreusement à la pauvre fille, histoire de lui éviter une éventuelle sortie de son enfer ? Et David ? Est-ce que c'était Damien Vernal qui, comme d'habitude, l'avait recruté et jeté dans les bras de son patron ? Quel rôle exact jouait le valet de chambre dans la vie parallèle de son maître ? Savait-il que celui-ci, selon toute évidence, corsait son homosexualité d'un piment de masochisme probablement assez carabiné pour accepter de se faire ligoter et fouetter sur un grabat d'hôtel borgne ? Parce qu'à y réfléchir, Corentin était de plus en plus persuadé qu'au départ au moins, l'après-midi de sa mort, le député européen était tout ce qu'il y avait de plus partant pour une séance sado-maso pas piquée des hannetons. A dix contre un, le fouet et les cordes il les avait demandés, prévus. La preuve, c'était l'absence totale des traces de violence dans la chambre. Même si « on y avait fait le ménage » après, on n'aurait pas pu tout effacer s'il y avait eu une vraie bagarre avant. Entre parenthèses, un truc curieux dans le rapport de l'Identité Judiciaire, c'était les miettes de pain imperceptibles ramassées dans certaines rainures du plancher et dans certains plis des draps du lit. Minuscules. Là aussi, le ménage avait été fait soigneusement. Pas assez cependant pour ne pas avoir laissé sur les lieux quelques miettes qui, à l'analyse, s'étaient révélées dater du jour même de la mort de Bréval. Et imprégnées — le détail avait fait *tilt* dans l'esprit de Corentin — de moutarde extra-forte... Le genre de détail qui vous laisse de quoi gamberger pendant les insomnies...

Et qui, joint à bien d'autres interrogations, constituait un arsenal impressionnant de raisons excellentes de retourner avenue Charles-Floquet pour essayer d'y glaner des réponses.

*
**

Luttant contre l'indignation qui était en train de lui bloquer les mâchoires, Damien Vernal laissa retomber le couvert à entremets sur lequel l'Argentil faisait de grandes taches opaques qu'il n'avait pas encore eu le temps d'effacer.

— C'est trop fort ! grinça-t-il avec rage. Je ne vous crois pas ! Qu'est-ce qui vous a dit ça ? Vous essayez de me tirer les vers du nez, hein, c'est ça ?

Sur la grande table de la cuisine tout en *high tech* de l'avenue Charles-Floquet, c'était une véritable exposition de pièces de vaisselle précieuse. Plats ovales Louis XV, plats ronds en argent Régence, plats creux carrés à légumes, cafetière et sucrier Empire, timbales en argent ciselé, couverts à poissons, à entremets, à dessert, fourchettes à gâteaux, pinces à escargots. Chaque pièce comportant bien entendu le traditionnel poinçon dit « de maître », en forme de losange, sans lequel l'argent massif ne serait évidemment pas de l'argent massif.

— Qui vous a parlé de ça ? reprit le valet de chambre homo que l'indignation faisait palpiter de la pommette gauche. Et puis d'abord, si je ne me trompe, Monsieur l'inspecteur, vous êtes en train de me traiter de pédé, non ? C'est un crime, en France, aujourd'hui, d'être pédé ? Vous n'avez pas entendu parler de la fin de la répression de l'homosexualité dans notre pays ? L'abrogation de l'alinéa 2 de l'article 331 sur les mineurs de moins de 15 ans, ça ne vous dit rien ?

Corentin se rapprocha. Du coin de l'œil, il venait de parcourir les grandes feuilles de papier journal sur lesquelles Damien Vernal avait disposé les couverts en argent. Entre les larmes d'Argentil qui les constellaient, on pouvait entrevoir des passages assez gratinés : une pub pour « L'hiver rose », huit jours de ski près de Villars-de-Lans dans un club gay. Des articles sur les problèmes des parents d'homosexuels, des interviews, une longue analyse de la « paranoïa des homos » tendant à démontrer qu'il ne s'agissait pas d'une maladie mentale inhérente à l'état homosexuel. Bref, rien que de la littérature haute en couleurs : les pages d'un numéro déjà ancien de *Conjugay*, le magazine de toutes les homosexualités...

Sur lequel, entre deux coups de chiffon énergique sur une cuillère à soupe ou un couteau à poissons, Damien Vernal devait rêver longuement en poussant de grands soupirs. La vie de maître d'hôtel n'est qu'une interminable solitude frustrée faite d'élans impossibles.

— Ecoutez, grinça Corentin, entre nous ce serait plus raisonnable si vous changiez de ton. D'abord, je ne suis pas un « flic homophobe » comme vous devez dire à longueur de journée. Ensuite, à votre place je ne crânerais pas tant que ça. Même si je n'ai pas encore de preuves de ce que j'avance, vous fournissiez votre patron en chair fraîche régulièrement. Masculine, bien sûr. Or, M. Bréval a été tué d'une façon qui laisse penser que le meurtre est en rapport étroit avec son homosexualité. Que vous étiez, entre parenthèses, une des rares personnes à Paris à connaître. Ceci posé et bien posé, je répète ma question et dans votre propre intérêt vous devriez y répondre. Qui est ce David dont Bréval a, semble-t-il, été très épris dans les derniers temps de sa vie ?

Le poignet gauche du valet de chambre, orné d'une Swatch parfumée à la framboise, s'agita convulsivement.

— Je vous jure, Monsieur l'inspecteur, que je ne sais rien sur ce David ! Rien de rien. Vous pouvez m'arracher les ongles, me griller la plante des pieds...

— Ça va, le coupa Corentin. On n'est pas au Moyen-Age, réveillez-vous. Par contre, votre nom a été mêlé, si je ne me trompe, à une sombre affaire d'institut psychiatrique pour enfants inadaptés. Le *Ranch*, c'est bien le nom ?... Un établissement en Haute-Provence... Où on a accusé un certain nombre d'adultes, d'éducateurs, de... comment dire ? De répondre avec un peu trop d'empressement à la demande de tendresse des enfants qu'ils ont en charge... Or, vous avez fait un séjour au *Ranch*, un été, il y a deux ans, je crois ? Et vous y avez laissé des traces...

L'autre se décomposait à vue d'œil. Même ses pectoraux et ses deltoïdes de fanatique du body-building avaient l'air de se dégonfler.

— C'est ignoble ! finit-il par bafouiller. C'est une calomnie. D'ailleurs, l'instruction n'est pas close... N'imaginez pas, Monsieur l'inspecteur...

Corentin sourit froidement. Visité par une de ces intuitions qui vous arrivent quand vous êtes vraiment à fond de cale et que vous avez l'impression que vous n'en remonterez jamais, il avait eu l'idée de feuilleter, hier soir, le dossier du *Ranch*. Et il était tombé sur le nom de Vernal. L'univers gay est une grande famille.

— N'allez pas croire que j'imagine quoi que ce soit, ironisa-t-il. Seulement ça fait mauvais genre, des histoires comme ça, dans le passé d'un garçon sérieux. Surtout si ce garçon a justement comme patron un industriel éminent qui vient de mourir en se faisant... enfin vous voyez ce que je veux dire ? Et que précisément, cet industriel éminent se faisait régulièrement approvisionner en partenaires masculins, par le garçon sérieux dont je viens de parler et qui était à son service...

Les triceps du valet de chambre tremblotèrent sous la chemisette bariolée très « Hawaï ».

— Qui a pu vous dire ça ? glapit-il, les yeux à nouveau hors de la tête.

Boris l'imita, papillotant lui aussi des paupières. Seulement les siennes n'étaient pas ombrées d'un trait mauve du plus troublant effet.

— Les questions, si ça ne vous fait rien, c'est moi qui les pose, émit-il brièvement. Alors ? Si on commençait par le commencement ? Si vous me racontiez comment vous alliez faire votre « marché », quand votre patron était en manque ?

L'autre le regarda longuement. Réfléchissant. Hésitant encore entre la vérité et les faux-fuyants. Le flic de la Brigade Mondaine n'était pas du genre dont on se débarrasse avec des calembredaines. Et en plus, qu'est-ce qu'il n'arrêtait pas d'être beau, cette espèce de fauve athlétique de quatre-vingt-cinq kilos de muscles aux yeux qui vous fouillaient jusque-là où ça lui faisait des frissons, à Damien ! Finalement, il choisit la vérité.

— C'était variable, fit-il. Ça dépendait des jours, de la saison, du temps que Monsieur me laissait...

L'ancien giton de Bréval se creusa des reins.

— A certains moments, je le sentais branché sur le genre éphèbe des banlieues, jeans et baskets... Entre 15 et 17 ans. Une marchandise qui se racole surtout autour des flippers, sur les stades, dans les piscines. Quelquefois, je le devinais plutôt dans la période intello. Alors j'allais traîner dans les Facs. Ou dans les salles de musées, les galeries de peinture...

Il toussota. Est-ce qu'il allait trop loin dans les confidences pour initiés ? Un coup d'œil vers le magnifique policier de la Brigade Mondaine lui répondit que non. Imperturbable, Corentin tirait lentement sur sa Gallia.

— L'été, c'était les piscines, reprit-il. L'hiver, les grands centres commerciaux... Quelquefois, pour changer, les espaces verts des environs de Paris. Bois de Vincennes ou de Boulogne... Dans les allées où les gosses tapinent... A l'heure du coup de feu, vous savez : entre 18 et 20 heures, quand les cadres, les ouvriers ou les employés grignotent un quart d'heure sur leur emploi du temps pour se faire sucer avant de retrouver bobonne. Il faut connaître les endroits, ça change presque tous les jours. A cause de la police, évidemment...

Il rit nerveusement.

— Parfois aussi, il avait envie de Maghrébins. De « Beurs » comme on dit. Les très jeunes. Qui sentent encore la misère du bidonville où ils ont toujours vécu. Des délinquants juvéniles qui tournent du côté de l'Opéra, aux Champs-Elysées, à Barbès. Quelquefois trois en même temps. Dans ces cas-là, il valait mieux surveiller. Vous connaissez le système ? Ils arrivent en bande, l'un d'entre eux se rend dans la chambre avec le client et les autres en profitent pour fouiller l'appartement et faucher tout ce qui leur tombe sous la main...

Corentin siffla.

— En tout cas, on peut dire qu'il avait de la santé, votre patron, constata-t-il.

Damien Vernal ouvrit les bras.

— Vous savez tout, Monsieur l'inspecteur. Mais votre David, je vous le jure, il est inconnu au bataillon !

Boris Corentin le scruta.

— Ce serait dommage pour vous si j'apprenais que vous avez menti...

Le valet de chambre-pourvoyeur esquissa une jolie courbette de valet de chambre de comédie.

— Parole de pédé, Inspecteur ! Sauf votre respect, bien sûr.

Corentin se rapprocha.

— Admettons. Et Steve ? Ça te dit quelque chose, Steve ?

Le prénom ramassé au vol par Corentin, au sauna de la rue Le Verrier, l'autre après-midi. Steve... Le régulier de Damien Vernal, avait affirmé le barman. La quarantaine, obèse, une petite chaîne autour du cou terminée sur la poitrine par une main de fatma...

— Il paraît qu'on te rencontre beaucoup avec un certain Steve ? C'est aussi une calomnie, ça ?

La montre Swatch à la framboise s'agita nerveusement.

— Où elle serait, ma crédibilité, si je prétendais que je ne connais pas Steve ? gémit le valet de chambre comme s'il était à l'agonie. Oui, je connais un Steve. Steve tout court. Pas de nom de famille. Une rencontre au sauna, c'est tout. Dans le milieu, on est assez discret, on ne pose pas de question. Celui qui a envie de parler, il parle. Sinon, on le laisse tranquille.

Corentin l'attrapa par le col de sa chemisette.

— Eh bien tu vois, c'est toute la différence entre la police et le milieu que tu fréquentes, jeta-t-il soudain avec brutalité. Nous, on pose des questions, et celui qui ne veut pas parler, on ne le laisse pas tranquille !

Il relâcha la chemisette. Le passage du « vous » au « tu » avait fait verdir le valet de chambre.

— Tu continues à jouer les marioles, Damien ? Le barman du sauna affirme que Steve est ton régulier.

Le valet de chambre ahana, suffoqué.

— Mensonge ! grimpa-t-il aux rideaux. Pur mensonge ! D'abord, j'ai pas de régulier. J'en ai jamais eu. A part Monsieur. Autrefois... Ça ne nous rajeunit pas...

Il reprit, dix tons en dessous :

— Depuis, je me débrouille en solo. Je tire des coups, c'est tout. Un coup après l'autre. Les relations longues avec drames psychologiques à la clé suivis de réconciliations, bouderies, etc., j'ai pas le temps. Comme disait Monsieur quand il m'envoyait en chasse : « Plus on baise, Damien, plus on a envie de baiser ! »

Il renifla.

— Avec Steve, on a dû consommer deux ou trois fois, au sauna. C'est tout. Mais on s'y reverra, Monsieur l'inspecteur. Et, là je vous jure que j'essaierai d'en savoir plus sur lui... Vous me croyez ?

— Avoue que c'est difficile : mets-toi à ma place...

Le valet de chambre émit un petit rire.

— Tiens, c'est marrant, la seule chose qui me revient, maintenant, à propos de Steve, concerne nos services militaires respectifs. Avec notre différence d'âge, ça faisait deux expériences qui n'avaient rien de commun. Lui, l'Algérie, juste avant l'indépendance. Il avait pas pu y couper. Même en essayant de se faire passer pour schizo. Moi, la réforme en trois jours. Vous auriez vu ça ! Je suis arrivé en folle au camp de Frileuse ! Maquillage, robe à frou-

frous... Ils m'ont immédiatement viré. Réformé « P 5 ». Les grands fous. Les cinglés incurables.

Corentin crispa les mâchoires.

— C'est plutôt maigre, comme renseignement, tu ne trouves pas ? Moi, à ta place, j'essaierais de devenir plus intime avec le fameux Steve. Rien que pour me raconter encore des jolies histoires comme celle de vos services militaires, la prochaine fois qu'on se verra.

En même temps, ce rappel de l'Algérie le faisait lentement carburer : ça pouvait expliquer en tout cas la main de Fatma remarquée au cou de Steve par le barman du sauna... Une amulette musulmane... On parlait bien du même Steve...

Corentin joua des épaules, déclenchant des feux d'artifices de rêves impossibles dans le cœur d'avance brisé du valet de chambre.

— Mais tout ça, reprit-il après s'être raclé la gorge discrètement, tout ça c'est des amuse-gueules, Damien. Tu es joli garçon, tu as un bon job et, à part que ton nom traîne dans des dossiers où il ferait mieux de ne pas être, tu n'as rien à te reprocher, n'est-ce pas ?

Il joua à faire craquer ses phalanges.

— Seulement tu navigues sur un volcan, et comme tu n'es pas complètement idiot, tu dois bien t'en douter. Comme tu dois te douter que je commence à en savoir presque autant que toi, sur ce qui se passait ici... J'ai dit : presque. C'est ce « presque » que j'aimerais bien effacer. Avec ton aide...

L'autre remit sa mèche en place, d'un mouvement de poignet très gracieux.

— Est-ce que je vous ai déjà refusé mon aide, Monsieur l'inspecteur ? gémit-il. Dans la mesure, évidemment, de mes humbles moyens...

Boris Corentin sourit, carnassier.

— Allez, lâcha-t-il, sèchement. Déballe tout ce que tu sais sur les rapports de Rose, la bonne, avec vos patrons. Je veux parler de sa consommation d'héroïne, évidemment. Raconte-moi tout. Et vite fait bien fait, tu me combleras d'aise. Ça m'aidera peut-être à oublier que tu ne m'en as pas parlé de toi-même...

CHAPITRE X

A 21 kilomètres de Paris, dans la forêt de Saint-Germain-en-Laye (3 533 hectares presque encerclés par la Seine, où, en automne, on n'arrête pas de piétiner dans les sous-bois des tapis de bolets et de coulemelles), il se passe pas mal de choses qui ressemblent de très près à ce qui se déroule, chaque nuit, dans les avenues du Bois de Boulogne. Les ombres furtives qui glissent entre les frênes et les érables ont l'air de tout ce qu'on veut, sauf de touristes en train de rechercher les sanctuaires de la Vierge qui, dans des niches placées à certains carrefours, sous les ombrages séculaires, jalonnent la forêt et devant lesquels, au XVIIe siècle, Jacques Stuart venait s'agenouiller pour prier...

En s'égarant un peu vers l'ouest, sous les frondaisons géantes, après l'Etoile d'Hennemont et la Route de Noailles, entre la Route de la Reine et le Nouveau Cimetière, on a toutes les chances de se casser le nez sur un mur plusieurs fois centenaire mais parfaitement entretenu qui a l'air de courir sur des kilomètres et dont la crête est hérissée de tessons de bouteilles. De l'autre côté du mur, ce long et gracieux vallonnement d'herbe verte, ces marronniers gigantesques, et tout au bout cette drôle de villa néo-gothique qui tenait à la fois du château écossais et du pavillon de banlieue saisi par la folie des grandeurs, avec ses tourelles, ses mosaïques, ses gargouilles, ses terrasses, ses balustres tortillées, ses cariatides de ciment façon palais de la Renaissance, ce n'est pas la forêt, ce n'est pas le château. C'est un monde à part et ça se sent d'instinct. Un univers à côté de celui de l'humanité courante qui trime jour après jour pour ne pas sombrer. Une enclave. Une zone réservée.

Le domaine de Madame Maud.

⁂

Crinière rousse rejetée en arrière sous la cataracte crachée par la pomme de douche, Maud O'Casey ferma les yeux, essayant de chasser les soucis qui décidément n'arrêtaient plus de la harceler depuis la mort de Serge Bréval. Tout s'était pourtant passé comme prévu. Pas la moindre bavure apparemment. Une mise en scène impeccable. Alors ? De quoi est-ce qu'elle n'arrêtait pas, depuis, d'avoir peur ? Qu'est-ce que c'était que ces petites bêtes, à l'intérieur d'elle, qui ne cessaient de lui cisailler l'extrémité des nerfs ?

Ondulant sous la douche, elle ouvrit les bras, essayant de se laisser imprégner par l'eau tiède qui ruisselait, accueillant ce contact sur sa peau ambrée comme un bienfait des dieux. Debout au milieu de la baignoire en forme de coquille elle n'arrêtait pas de se répéter qu'il fallait absolument qu'elle se relaxe. Elle était chez elle, ici, dans sa forteresse. Le parc faisait cinquante hectares au bas mot. Dans les allées, du côté des serres, Martin et Victor, les jardiniers, sortaient les tondeuses et s'apprêtaient, comme chaque matin d'été, à tondre un ou deux hectares de prairie. Les domestiques s'affairaient dans la cuisine, en bas. Quant à son personnel secret, ses

« étalons » comme elle disait, ils devaient encore dormir.

Dix heures du matin. Un rossignol jouait en solo, très loin, du côté du bois de sapins. Par la fenêtre de la salle de bains entrouverte, une brise douce frôlait les voilages, apportant des odeurs déjà lourdes de gazon gorgé de sève.

Et une voix, en elle, n'arrêtait pas de répéter que le ciel allait lui tomber sur la tête.

« Je suis folle, pensa-t-elle. C'est ça. Je tourne dingue. »

Elle venait de commencer à se savonner lorsqu'elle poussa un cri.

— Mireille !

Celle qui jaillit dans la pièce comme si elle n'avait attendu que cet appel planquée derrière la porte, était un vrai rêve d'hommes à femmes. Un corps potelé là où il fallait, seins lourds, fesses volumineuses et bien balancées sur la robe noire stricte de service, deux yeux d'un vert clair extraordinaire et des cheveux auburn magnifiques noués en chignon. Une beauté méridionale idéale aux pommettes hautes et au teint ambré.

— Mireille, gémit Madame Maud, je me suis mis du savon dans les yeux !

— J'arrive, Madame ! J'arrive.

Immédiatement, comme dans un scénario réglé à l'avance, la femme de chambre de Madame Maud se débarrassa de sa robe noire et apparut, fesses rondes et musclées, dans le plus simple appareil. Au moment où elle l'avait engagée, Maud avait bien précisé qu'elle ne devrait jamais porter de slip.

Déjà elle se précipitait vers sa maîtresse, sous la douche. Délicatement, elle releva les cheveux de Maud qui lui tournait le dos et posa ses lèvres sur sa nuque. Ses seins durs aux pointes dressées s'écrasaient contre la peau claire de Madame Maud, son ventre se plaquait contre ses fesses.

— Mireille, Mireille, bafouilla Madame Maud d'une voix de gorge.

Elle se retourna et leurs seins se touchèrent. Les yeux verts de la soubrette plongèrent dans ceux, presque violets, de sa maîtresse qui semblait frappée par une décharge électrique. Déjà, entre leurs lèvres confondues, leurs langues se nouaient, se repoussaient, se cherchaient, s'exploraient. Les deux mains de Maud s'étaient refermées sur les seins de la femme de chambre et les pressaient à la faire crier. Mireille, subitement, glissa comme par inadvertance, entraînant Maud au fond de la baignoire. Celle-ci l'avait rattrapée par le ventre. Sous la douche qui continuait à crépiter sur elles, Maud atteignit la toison de Mireille et l'entrouvrit des doigts, écartant les lèvres de son sexe inondé, le dépliant comme une lourde anémone de mer gorgée de désir, s'y enfonçant de l'index puis du médius dans une touffeur presque tropicale.

— Oui, oui, glapit la servante. Je suis à vous, Madame, je vous aime !

Brusquement, Maud eut une envie frénétique de sentir sa propre bouche contre la toison de la femme de chambre. Maîtrisant ses soubresauts, elle la fit se retourner à quatre pattes dans la baignoire, fesses dressées en l'air, prosternée, et se précipita pour écarter les deux hémisphères de sa croupe sur laquelle les gouttes d'eau dessinaient des scintillations changeantes et multiples. Mireille était réellement ce qu'on appelle une vraie brune...

La langue de Maud léchait éperdument la broussaille bouclée entre ses fesses très ouvertes, descendant agacer son clitoris, remontant avec lenteur en entrouvrant le délicieux coquillage de ses lèvres intimes, remontant encore et virevoltant autour du minuscule puits brun et froncé de ses reins où elle essayait de s'introduire.

— Oui, oui, gémit la femme de chambre en

essayant d'écarter encore un peu plus les cuisses.

Elle commença à osciller de la croupe, envahie d'une étrange danse ivre, tanguant des hanches, roulant des fesses contre le visage de Madame Maud qui, soudée goulûment à elle, presque étouffée entre les masses de chair généreuses et humides, parvint enfin à lui arracher des râles précipités qui se terminèrent en hurlements.

*
**

Madame Maud, pensive et silencieuse, avait recommencé à se doucher. Tonification générale et stimulation de la peau. Un jet doux à 18° promené très près du corps et commençant par les pieds puis les mollets, les genoux, l'intérieur et l'extérieur des cuisses, le ventre. Ensuite, ce serait son quart d'heure de gym quotidienne. Indispensable pour garder la silhouette souple et féline qui était la sienne depuis l'adolescence...

Mireille, sa femme de chambre, ressurgit dans l'embrasure de la porte de la salle de bains.

— « Ils » sont là, Madame, annonça-t-elle avec une imperceptible courbette.

Redevenue l'impeccable employée de maison qu'elle savait être.

Madame Maud dévora du regard la silhouette de sa femme de chambre.

— Fais-les patienter, émit-elle enfin. J'arrive.

*
**

Accoudé derrière le bar, immense et silencieux pour cause de mutité de naissance, formidablement incongru avec sa carrure de catcheur entre les bouquets de fleurs qui grimpaient à sa droite et à sa gauche, masquant un alignement de bouteilles d'apéritifs et de digestifs d'une richesse en tout points digne de n'importe quel bistrot qui se respecte, Léo Bourgadier, le barman de Madame Maud, suivait attentivement la scène qui se déroulait dans l'un des grands salons du rez-de-chaussée de la villa. Avec l'air d'en penser long. Ce qui était d'ailleurs peut-être le cas, après tout. Mais, ça, personne n'aurait pu le jurer. Ses deux petits yeux très rapprochés des ailes du nez n'exprimaient jamais grand-chose d'autre qu'une intense mais mystérieuse rumination. Colosse de 47 ans, il avait trimé dans les chantiers navals avant de passer quelques années à l'ombre pour avoir, au cours d'une crise de nerfs restée d'ailleurs inexpliquée, défoncé à coups de poing le crâne d'un autre docker qui avait dû avoir un regard ou un geste déplacé. La peine purgée, il avait été transféré en milieu psychiatrique et placé en observation. Des tas de types en blouse blanche l'avaient examiné. Léo, c'était quelqu'un dans le genre du gouffre de Padirac avant son exploration : un trou sans fond, vertigineux, avec des cours d'eau souterrains, sans doute, des pensées inconnues coulant dans des ténèbres que personne ne visiterait jamais... Finalement, à l'hôpital psychiatrique, on avait décidé de se débarrasser de lui. Comme il n'avait rien d'autre à vendre que ses muscles d'étrangleur et ses poings en forme de marteaux-pilons, ses nouveaux emplois s'étaient tous cantonnés dans le domaine restreint mais mouvementé du *baby-sitting*. En termes clairs, il était devenu garde du corps de messieurs bien sapés qui se levaient tard et se couchaient à l'aube après d'interminables tournées de boîtes de nuit et de salles de jeux.

L'avantage de ce boulot pépère, c'était les filles. Léo n'avait jamais vraiment possédé l'art de leur parler. Et pour cause. Ce qu'il y avait de bien, à présent, c'est qu'il en avait autant qu'il voulait. Sur un simple claquement des doigts. Toutes plus belles les unes que les autres, ou du moins exactement à son goût. Fardées, platinées, et parfaitement dociles et soumises.

Là où ça s'était gâté, c'est quand il en avait massacré une qui ne voulait pas se laisser prendre par là où les hommes et les femmes présentent la même particularité. Prétendant qu'elle n'était pas candidate au martyre et qu'entre ce que Léo avait dans le pantalon et l'obélisque de la Concorde, il n'y avait qu'une différence de points de vue mais pas de taille. Bref, Léo s'était énervé, lui avait écrasé les seins, défoncé le ventre à coups de pieds et il venait de lui griller avec un briquet les poils du pubis quand on était intervenu.

Léo Bourgadier s'était retrouvé sur le pavé, comme une âme en peine. C'est alors que Madame Maud était entrée dans sa vie et l'avait arraché aux tentations comme aux mauvaises fréquentations. C'était sa bienfaitrice, Madame Maud. Pour elle, il était prêt à se laisser découper en fines lamelles. Et surtout à faire subir le même genre de traitement aux autres, pour commencer, si l'occasion s'en présentait.

Malheureusement, ça n'avait encore jamais été le cas et il commençait à s'ennuyer un peu, derrière son bar, à fabriquer des Bloody Mary ou des Alexandra pour des messieurs aux tempes argentées qui pelotaient de leurs mains fines et bronzées de très jeunes gens qui débutaient dans la vie du bon pied...

Des jeunes gens comme les quatre de ce matin, qui constituaient le nouvel arrivage de chair fraîche attendue au manoir et que la patronne était en train d'examiner très attentivement. Quatre nouveaux candidats étalons... L'un des secrets de la réussite de Madame Maud, c'était la rotation rapide de son personnel masculin toujours trié sur le volet. Tous les huit jours, deux ou trois garçons étaient rendus à la vie normale et remplacés par de nouvelles recrues. Au bout d'un mois, le cheptel était à peu près complètement renouvelé.

— Cigarette, émit la jeune femme avec agacement.

Elle était à demi allongée sur une des banquettes de velours du salon, merveilleusement vaporeuse dans une robe en mousseline de soie pastel, toute en transparence couleur ciel. A chaque fois qu'elle esquissait un geste, la mousseline frissonnait de partout. Léo n'arrêtait pas de la dévorer du regard. C'était d'ailleurs tout ce que la patronne lui avait jamais permis comme privautés avec elle, depuis qu'elle l'avait pris à son service.

Il se précipita, paquet de Pall-Mall dans une main, briquet Cartier en or dans l'autre. Sa cigarette allumée, Maud oscilla du buste et revint aux quatre adolescents.

— Approche, murmura-t-elle en direction de celui du milieu, le plus grand, un Maghrébin comme les trois autres.

Le garçon fit trois pas en avant. Un peu hésitant. Et pour cause. C'était la première fois qu'il se retrouvait en slip devant une femme aussi belle, plus nue que nue sous des voiles bleus mousseux et froufroutants.

— Tu t'appelles Gamal, c'est bien ça ?

L'autre acquiesça, une boule dans la gorge.

— Quel âge ?

Elle interrogeait brièvement. Consciencieusement. Etudiant l'anatomie du candidat en même temps qu'elle écoutait ses réponses. L'examen des nouvelles recrues, chaque semaine, c'était une cérémonie pendant laquelle elle avait horreur d'être dérangée. La réputation de son « établissement » n'était-elle pas fondée sur le tri sévère qu'elle opérait parmi les nouveaux arrivants ?

— Quinze ans et demi, murmura le garçon en ébouriffant ses boucles noires d'une main incertaine.

— D'où viens-tu ?

L'autre répondit très vite, regagnant un peu d'assurance. C'était un Algérien de la troisième génération. Né à Houilles dans les Yvelines. Son père était conducteur d'engins sur les chantiers de la région parisienne.

— Quand est-ce que tu as commencé à faire des passes ?

— Il y a deux ans. Un mercredi. On n'avait pas école.

— Qu'est-ce que tu préfères ? Les filles ou les hommes ?

— C'est pareil pour moi. De toute façon, c'est toujours moi qui mets. Autrement, j'aime pas.

Madame Maud tiqua.

— Ici on fait les deux. Tu es au courant ?

Le garçon rit, exhibant deux rangées de dents éclatantes.

— Si ça vaut le coup côté fric, je ne dis pas.

— Ça vaudra le coup, rassure-toi.

— Ce que j'aime pas, c'est quand on se laisse mettre trop souvent. On prend l'habitude. On devient une « fille à types », comme on dit.

Elle écrasa nerveusement sa cigarette.

— Maintenant, montre-moi ce que tu as là-dedans, fit-elle en désignant de l'index le slip vert pomme du garçon que tendait quelque chose d'assez impressionnant à première vue.

L'Algérien baissa les paupières, se dandinant d'une jambe sur l'autre. Déjà qu'il se trouvait dans une maison inconnue où il avait été amené en Estafette hermétiquement close, ce qui faisait qu'il n'aurait su dire où il était... Et en plus, maintenant, une femme comme il n'en avait jamais vue que dans les magazines lui demandait d'exhiber comme ça, à froid, ce qu'il ne sortait d'habitude que parce qu'on lui agitait du fric sous le nez, ou parce qu'une fille de son âge rencontrée aux autos-tamponneuses dans l'une des baraques de foire de Barbès s'était laissée entraîner dans un coin sombre d'une rue déserte, entre deux bagnoles...

Madame Maud s'impatienta.

— Si ça commence comme ça, tu n'iras pas loin, jeta-t-elle sèchement. Qu'est-ce qu'il y a ? Tu es puceau ou quoi ? Tu as honte de la montrer ?

Gamal était plutôt bronzé de teint. Ça ne l'empêchait pas de rougir à l'occasion.

— Personne s'est jamais plaint ! s'offusqua-t-il.

— Alors qu'est-ce qui te prend ? On est entre nous, ici.

Sa voix sifflait. A ses yeux, tout ça relevait de la routine depuis belle lurette. Comme de montrer ses qualifications ou ses diplômes à un éventuel employeur.

— Enfin, tu fais comme tu veux, laissa-t-elle brusquement tomber. Il y en a trois autres qui attendent leur tour.

Les trois en question assistaient à la scène avec des ricanements étouffés qui se transformeraient en angoisse quand ce serait leur tour. Léo, là-bas, derrière le bar, était comme statufié.

— Et puis merde ! s'écria Gamal à voix basse.

Il fit glisser son slip sur ses longues jambes musclées. Découvrant quelque chose qui, à force d'en parler, avait commencé cette métamorphose bien connue due à un processus vasodilatateur qu'on appelle l'érection. Gonflant et grimpant lentement, le sexe du jeune homme progressait télescopiquement. Pour le moment, il formait un angle droit avec son ventre.

— Mais c'est très bien ça, c'est déjà très joli, apprécia Madame Maud brusquement envahie, comme toujours, d'une émotion qu'elle ne parvenait pas à réprimer. Approche-toi, Gamal.

Gauchement, cuisses entravées par le slip rabattu, le jeune garçon fit trois pas en avant. Il était à portée des mains de la longue jeune femme vêtue de mousseline dont les doigts parfumés se tendirent en avant, glissant sur la hampe rigide et volumineuse qu'ils effleurèrent.

— La peau est douce, apprécia-t-elle.

Légers au toucher comme des ailes de papillon, les doigts de Maud remontèrent le long de la veine mauve qui battait à fleur de chair, et caressèrent l'ogive plus sombre du gland qui atteignait à présent sa dimension optimale.

— Le gland est ferme, jugea-t-elle. Tu n'es pas mal monté du tout, tu sais, Gamal.

Elle avait refermé la main autour de lui. Il eut un léger soubresaut.

— Et en plus, tu aimes ça, c'est parfait. Les clients adorent quand mes étalons aiment vraiment ça...

Gamal eut un petit tressaillement de vanité.

— J'ai jamais eu de réclamation, se rengorgea-t-il.

Du coup, il avait encore avancé d'un pas, oubliant presque à qui il avait affaire.

— Calme-toi, le repoussa sèchement Madame Maud. Moi je fais passer les tests et j'engage. Les clients, tu les verras ce soir.

*
**

Une heure plus tard, le tri était fait et Madame Maud poussa un soupir de satisfaction. Deux des gamins retournaient à Paris. Comme ils étaient venus. En Estafette hermétiquement close. D'où ils ne pourraient rien voir du chemin du retour. Pas plus qu'ils n'avaient aperçu celui de l'aller. Avec tout de même un dédommagement pour le voyage : cinq cents francs à chacun. De quoi partir sans trop d'amertume... Même s'ils allaient raconter partout ce qu'ils avaient vécu, ils n'auraient jamais assez d'éléments pour retrouver le chemin de la villa.

Ceux qui restaient, c'étaient Gamal, l'Algérien, et Youssef, un Marocain de 17 ans.

Debout maintenant dans ses transparences de mousseline pastel, Madame Maud enveloppa du regard ses deux recrues. Ses nouveaux étalons.

Rapidement, elle exposa pour Gamal et Youssef les différents points du règlement. D'abord la discrétion absolue dans les ébats, elle y tenait énormément. Pas de caresses trop appuyées dans les salons du rez-de-chaussée. Sa villa n'était pas un bordel et elle tenait à conserver le standing qui avait fait sa réputation. Quand on avait fait connaissance, on montait dans une des chambres du premier. A deux ou davantage, peu importait. Ce qu'elle voulait, c'était que les choses sérieuses ne se déroulent que derrière des portes closes... La soumission ensuite. Comme dans toutes les bonnes maisons, le client était roi et ses caprices faisaient loi. Le personnel masculin de Madame Maud devait être prêt à répondre à toutes les demandes, toutes les exigences. Pas question de rechigner. Les fantasmes les plus déments devaient être pris en considération comme s'il s'agissait de projets parfaitement raisonnables. Troisième point du règlement : l'argent. Les étalons ne devaient jamais accepter d'être rétribués directement. On leur faisait aussi obligation de refuser les « pourboires ». Comme dans les théâtres nationalisés... Madame Maud était extrêmement sourcilleuse sur la moralité de ses employés...

— Dernier point, avait-elle terminé, le Jour du Seigneur. Le dimanche. Ça va peut-être vous faire rigoler, mais j'exige le repos complet une fois par semaine. Repos complet, ça veut dire abstinence. Même et surtout entre vous, bien entendu.

Elle les voulait perpétuellement en forme, détendus. Pleins d'énergie.

Elle secoua sa crinière rousse étincelante.

— Venez, vous deux, murmura-t-elle, les yeux soudain cernés de mauve. Je vais vous faire visiter la maison.

Elle n'avait plus du tout envie de se retrouver seule dans sa chambre.

Dès qu'il entendit les marches craquer, Casanova se rengorgea sur son perchoir, une de ses pattes griffues à demi levée :

— Au pageot ! Au boulot ! glapit le perroquet au comble de l'hystérie.

Madame Maud eut un demi-sourire fatigué. Casanova était bien le seul, dans la villa, à ne pas vivre sous sa loi à elle.

Et c'était pour ça qu'elle l'aimait tant. Malgré la peur qui continuait à lui vriller le ventre. La peur d'un secret devenu trop lourd. Celui de la mort de Bréval, le mari d'Emma.

CHAPITRE XI

Frisé comme un saint Jean-Baptiste enfant portraituré par Raphaël, des yeux rapides, tournoyant et fouillant dans tous les coins comme deux soucoupes volantes d'un noir métallique, un jean crasseux, une silhouette gracile, le môme exhiba une langue rose et longue et commença à lécher consciencieusement la glace à deux boules. Immédiatement il fit une grimace.

— J'avais dit : caroube et gingembre ! cracha-t-il d'un air buté. C'est pas caroube et gingembre ! Ça va pas du tout !

La chaise de l'inspecteur Rabert, transformée brusquement en siège éjectable, propulsa une montagne de chair apoplectique vers le milieu de la pièce, le local réservé aux Affaires Recommandées, au second étage du 36 quai des Orfèvres.

Du coup, le bureau avec ses tables, ses étagères, ses téléphones à touches et ses corbeilles à papier, en parut encore un peu plus petit. Bien calé dans son coin derrière son propre bureau, Rabert tenait déjà de la place. Mais, debout et en mouvement, il occupait tout l'espace vital d'un seul coup. Il n'en restait pratiquement plus pour personne.

« Il faudrait vraiment qu'on déménage », pensa pour la millième fois Boris Corentin.

Lui, le dossier sur lequel il ruminait depuis une heure, c'était toujours l'affaire Bréval. Rien qu'à se pencher dessus, il avait l'impression de survoler une de ces régions marécageuses où la terre et les eaux se confondent inextricablement.

L'entretien avec Damien Vernal, hier, ne passait pas. Le larbin de l'avenue Charles-Floquet n'avait pas arrêté de hurler son innocence. Bien sûr qu'il savait que Rose, sa collègue au service des Bréval était assez sérieusement portée sur l'héroïne. Mais personne n'est parfait, n'est-ce pas ? Et comme lui-même n'avait jamais touché à l'héro, il n'avait pas cherché à en savoir plus. Même, ça le dégoûtait plutôt...

« Qu'est-ce que je peux faire ? rumina encore Corentin. Arrêter Vernal ? Sous quel prétexte ? Parce qu'il faisait la chasse aux gitons sur les ordres du P-DG ? Ça ne tient pas la route... »

De nos jours, pour coincer un homo, il fallait se lever de bonne heure et avoir d'excellents motifs. Dès qu'on en touchait un du bout du petit doigt, tout le *lobby gay* hurlait à la persécution comme si on remettait au goût du jour les bûchers de l'Inquisition où de pauvres types brûlaient jadis, soupçonnés de sodomie...

Pendant ce temps-là, Rabert continuait à pomper l'espace vital du bureau avec ses gestes dans tous les sens et ses glapissements d'indignation. Même Tardet, son co-équipier avec qui il formait l'autre équipe d'inspecteurs des Affaires Recommandées, en avait levé son long nez jaune de la machine à écrire sur laquelle il pianotait un rapport du bout des index.

— Dis donc, petit, éructait Rabert, les yeux à fleur de tête, tu ne crois pas que tu commences à abuser ? OK, on est des policiers humains et compréhensifs, on a presque un rôle d'éducateurs à jouer quand on tombe sur des rigolos dans ton genre, mais l'humanité n'a jamais fait mauvais ménage avec une taloche de temps en temps, tu sais ?

Le môme le regarda, léchant toujours consciencieusement son cornet. Ses deux yeux effrontés plantés dans ceux de Rabert.

— J'avais demandé caroube et gingembre, répéta-t-il. Ça, c'est ananas et fruits de la passion. C'est pas ce que je voulais, c'est nul.

Rabert s'étrangla. Tout à l'heure, il avait cédé et envoyé Bertin, le planton du deuxième étage du quai des Orfèvres, l'étage de la Brigade Mondaine, à la chasse aux glaces. Histoire de montrer au gamin qu'on ne lui voulait pas de mal. Conclusion : non seulement on le prenait pour un imbécile, mais en plus on exigeait...

— Et la taloche ? Le coup de pied aux fesses ? C'est nul, ça aussi ?

Corentin sourit.

— Pas de violences policières, s'il te plaît, ironisa-t-il.

— S'il reçoit un coup de pied dans les fesses, rétorqua Rabert, ce ne sera pas de la violence policière mais le premier pas dans un processus de rééducation qui me paraît urger.

Même Brichot, au fond de la pièce, avait levé ses lunettes Amor de myope restées jusque-là obstinément braquées sur un paquet de photos prises au cours de manifestations des années 70. Un fragment du dossier Bréval. Celui qui concernait Emma, l'épouse du P-DG assassiné. Saisie en pleine action, dans les grands défilés historiques du mouvement féministe, à la tête des cortèges des filles du même âge sous des banderoles à faire froid dans le dos rétrospectivement aux quelques mâles qui, par le monde, pensent encore que ce qu'ils cachent sous leur pantalon au bas du ventre, ne manque pas d'un certain intérêt. Joyeux souvenirs de l'après 68.

Chevelure en bataille, vociférante au milieu de ses « sœurs » en lutte, Emma Bréval ne manquait pas d'allure, dans le genre amazone sur le sentier de la guerre des sexes...

— De toute façon, ce qui urge le plus, reprit Rabert en faisait effort sur lui-même pour se calmer, c'est que tu te mettes à table. Ta glace au gingembre et à je ne sais quoi, tu préfères peut-être que ce soit la Brigade des Mineurs qui aille te la chercher ?

Le gosse réfléchissait, buté. Un peu moins de 15 ans, et ce qu'il avait déjà raconté à Rabert, tout à l'heure, c'était plus mouvementé, plus rempli, comme vie, qu'une existence moyenne d'homme de 30 ans.

— Alain, reprit Rabert, tu sais ce qu'on va faire maintenant, tous les deux ?

Alain Blanchet, coincé une heure plus tôt par Rabert dans les alentours de la gare Saint-Lazare, haussa les épaules.

— Vous allez faire un rapport, comme d'habitude, pour m'emmerder, quoi.

Les bajoues de Rabert tremblotèrent.

— Combien de fois tu as déjà été emmené au dépôt du Palais de justice ?

— Six, sept fois.

— Et ça t'a fait peur ?

Le gosse soupira.

— La première fois, un peu. Le juge m'a menacé de la prison. Il m'a dit, cette fois tu as un rapport blanc, la prochaine fois ce sera un rapport rouge et ce sera plus grave... D'autres fois, on m'a emmené dans des centres. Pour apprendre un métier soi-disant. Moi je me suis tiré au bout de quinze jours...

Silencieux, Corentin, de son bureau, continuait à écouter l'interrogatoire. Avec un léger vertige. Ce môme de 14 ans, il n'avait même plus l'excuse de la misère. Parents petits employés, sérieux et travailleurs... N'empêche que c'était déjà une sorte d'homme modèle réduit. De fil en aiguille, il avait fini par avouer qu'il squattait l'appartement d'un « vieux », un type de 22 ans, porte Maillot, qui avait commencé à faire de lui une espèce de « call boy »...

— J'ai été au Bazar de l'Hôtel de Ville, au cinquième, voir le service où on fait les étiquettes auto-collantes. J'ai fait imprimer un truc avec le numéro de téléphone de mon pote. « Beau mec cherche beaux mecs. » Je les ai collées partout, dans les restaus, les abribus, les cafés. Ça a marché terrible pendant un an. La moyenne, c'était cinq par jour.

Dans le bureau des Affaires Recommandées, tout le monde écoutait ce récit débité le plus naturellement du monde.

Rabert regarda d'un air écœuré la carte d'identité à moitié déchirée, sale de graisse et de crasse, du gamin.

— Tu pourrais au moins avoir le respect de tes papiers.

Sur son bureau, le contenu des poches d'Alain Blanchet. Un peigne en plastique, un Kleenex sale, des clefs, des chewing-gum. Et puis l'héro. Un minuscule sachet de poudre enveloppé dans du plastique

— Et ça alors ? reprit Rabert. Tu nous racontes ce que ça faisait dans ta poche ?

Le môme se balança d'une jambe sur l'autre.

— C'était pour Ali. Il est pas venu...

Rabert laissa retomber la carte d'identité. Massacrée.

— Et c'est qui, Ali ?

— Un type. Je connais pas son vrai nom.

Bien entendu. Rabert poussa un soupir à fendre l'âme.

— Et tu l'as eue où, la poudre ?

— C'est Malik, un autre Algérien, qui me l'a

donnée pour Ali. Mais Malik, non plus, je saurais pas dire son vrai nom.

— Ça se présente mal, ton affaire, éructa Rabert. je ne te vois pas sorti de l'auberge.

Ils l'avaient *serré* (1) alors qu'ils enquêtaient, Tardet et lui, sur tout autre chose : l'affaire de l'informaticien retrouvé mutilé dans un des sous-sols des Galeries Lafayettes. Et qu'une épouse et deux enfants pleuraient sans interruption depuis huit jours. Une enquête bien nauséabonde, elle aussi, qui continuait à piétiner.

— Je peux quand même vous raconter des trucs, fit précipitamment Alain qui avait un peu pâli devant le ton de Rabert. Malik, c'est vrai que je ne sais pas son vrai nom. On s'est connu au *Point-Show* à la Défense, au moment du Salon de l'Enfance... Il racolait, comme moi... On a décidé de se marrer. Quand on tombait sur un client sérieux, on l'emmenait dans un coin tranquille, au Bois de Boulogne, par exemple, et là le type commençait à s'exciter. Quand il était à point, qu'on était tout nus lui et moi, Malik sortait son appareil photo et mitraillait la scène au flash. Vous auriez vu la tête du client ! Paniqué ! Alors on lui disait qu'il était en plein détournement de mineur et qu'il fallait allonger le paquet pour qu'on détruise les négatifs.

— Vous avez fait ça souvent ? murmura Rabert, démonté par tant de perversité juvénile.

Le maître chanteur en herbe renifla.

— Ça ne marche pas à tous les coups, vous savez...

Corentin venait de se bloquer, pouls en accélération incontrôlée.

— Mémé, fit-il à mi-voix. Ça te dérange si je t'arrache à tes méditations ?

Brichot tordit vers sa flèche un cou de poulet

(1) Arrestation en argot policier.

émergeant d'une chemise bleue à fines rayures dépourvue de cravate. Entorse de saison à son élégance *made in England* habituelle.

— Si c'est pour la bonne cause, soupira-t-il.

***

Ils se retrouvèrent dans le couloir du deuxième étage.

— Mémé, reprit Corentin, tu connais ma théorie ?

— Ça dépend laquelle, murmura Brichot.

— Quand une hypothèse complètement dingue te vient à l'esprit, qu'est-ce que tu fais ?

Brichot grimaça.

— Je prends bien garde de ne pas l'abandonner, récita-t-il. Un bon flic, c'est quelqu'un qui n'a pas peur des hypothèses démentes. Surtout un flic de la Mondaine, qui passe sa vie plongé dans la folie des autres...

Corentin joua des épaules sous sa Lacoste bleue.

— C'est exactement ce que je viens de me dire en écoutant ce gosse, reprit-il. Son histoire de chantage au Bois de Boulogne. Avec photos... Ça m'a fait repenser à quelque chose qui m'est arrivé il y a trois jours. C'est peut-être idiot, mais...

— Dis toujours, coupa Brichot.

Rapidement, Boris Corentin lui raconta l'épisode au Bois, avec Sarah, la prostituée rangée des voitures que, depuis, le fisc collait aux fesses pour l'empêcher de gagner sa vie autrement qu'avec ses fesses précisément. En omettant les détails croustillants bien entendu. Pour en arriver au flash entrevu entre les arbres. Et au type sur lequel Corentin s'était immédiatement précipité alors qu'il regagnait sa voiture...

— Je n'avais aucune raison de l'interpeller, tu imagines. Seulement, j'ai relevé son numéro. Vieux réflexe, tu me connais ? Excellent exercice entre parenthèses pour s'exercer la mémoire... Les chiffres c'est 8035...

Il fit craquer ses phalanges aux jointures. Pour les lettres intermédiaires, il se souvenait du grand rire de Sarah quand elle avait jeté : « Fel ? Fel comme fellation, non ? Ça coule de source ! » Il revint à Brichot.

— Mémé, fit-il, je deviens peut-être dingue, mais on piétine, et...

Bertin le garçon de bureau du deuxième étage, profila sa figure en lame d'Opinel.

— Monsieur le Divisionnaire vous demande, Monsieur l'inspecteur, murmura-t-il respectueusement en direction de Corentin.

Boris pivota sur les talons.

— Mémé, sois gentil, appelle la Préfecture de Police, le service des cartes grises. Mieux vaut une piste délirante que pas de piste du tout, souviens-toi !

Brichot secoua la tête.

— Tu en as de bonnes ! J'avais l'intention de t'annoncer justement, qu'au terme de mes méditations une nouvelle visite à Mme Bréval me paraissait s'imposer. C'est vrai, on n'a pas tellement de raisons de la ménager, et la combine de la drogue avec laquelle ils abrutissaient Rose, la bonne, commence à me chiffonner.

Boris repoussa ses mèches noires.

— Fais ça pour moi, Mémé. D'abord le service des cartes grises. Ça te prendra cinq minutes !

CHAPITRE XII

Le commissaire divisionnaire Charlie Badolini s'éleva deux fois de suite sur la pointe des pieds. Un tic qu'il avait fini par contracter, à force de complexer rapport à sa taille.

— Vous savez, Corentin, le temps c'est de l'argent, même pour un policier ? fit-il enfin en revenant à la fenêtre.

Corentin soupira. Il était sur une affaire déprimante et on venait lui chercher des poux dans la tête en lui reprochant son manque d'efficacité.

— Monsieur le Divisionnaire, murmura-t-il, le temps perdu, pour un policier, ça finit neuf fois sur dix par être du temps de gagné, à la fin...

Badolini le fusilla du regard, au moment de se rasseoir devant son bureau Empire du Mobilier National.

— Ouais, jeta-t-il enfin. N'empêche qu'on ne peut pas vous reprocher, à Brichot et à vous, de casser la baraque et de foncer dans le tas !

— Patron, lui reprocha Corentin, vous nous avez demandé d'y aller comme sur des œufs !

Badolini s'empara de son paquet de Celtiques qu'il se mit à tripoter nerveusement.

— Ouais, répéta-t-il avec une sombre ironie.

N'empêche que tout le monde ne fait pas comme vous. Regardez...

Corentin saisit au vol le document que lui tendait le chef de la Brigade Mondaine.

— Qu'est-ce que...

C'était la copie tapée d'un rapport de police tout frais.

— J'ai pensé que ça pourrait peut-être vous intéresser, murmura d'une voix d'entre deux eaux Charlie Badolini. Un type massacré à l'aide d'une manivelle de voiture, ça rappelle notre ami Bréval et sa rampe au néon, pas vrai ?

Il roula des yeux.

— Evidemment, les deux affaires peuvent n'avoir aucun lien entre elles. Mais l'ennui, c'est que je n'arrive pas à y croire.

C'est à cet instant qu'après avoir frappé plusieurs fois à la porte capitonnée du bureau du commissaire divisionnaire Badolini, l'inspecteur principal Aimé Brichot passa son crâne déplumé par l'entrebâillement et murmura une série d'excuses bien senties pour cette intrusion intempestive.

— Boris, fit-il ensuite, j'ai le nom que tu cherchais... Au service des cartes grises, on s'est arraché. Ton propriétaire de bagnole, au Bois de Boulogne, l'autre jour, c'est un nommé...

Corentin n'avait pas relevé la tête.

— Jacques Lecourt, émit-il à voix haute, déchiffrant le procès-verbal.

Les yeux de Brichot se mirent en vrille.

— Hein ? Comment tu sais ?

Boris vira des épaules dans sa direction.

— Je dis, Mémé, qu'un certain Jacques Lecourt, professeur aux Langues Orientales, a été ramassé la nuit dernière près de l'hippodrome de Longchamp, massacré par une manivelle de voiture, là exactement où Bréval a été embroché avec une rampe au néon. Ça fait beaucoup d'empalés, non ?

Brichot regarda encore une fois le papier qu'il tenait à la main.

— Jacques Lecourt, domicilié rue de Reuilly ? C'est bien ça ?

Il était plutôt blême.

— Qu'est-ce qui se passe, Mémé ? questionna Corentin. On dirait que tu as vu un revenant ?

Brichot se secoua.

— A peine. Ton prof de l'hippodrome et le type dont tu m'as demandé de rechercher l'identité au service des cartes grises, c'est le même homme, Boris.

Corentin fit glisser un index sur l'arête de son nez.

— Tu vois, Mémé, fit-il enfin. Quand je te dis qu'un bon flic, c'est quelqu'un qui ne croit pas aux coïncidences...

Brichot souffla.

— Tout de même, là, c'est gros. Avoue... Il est mort, le prof aux Langues O ?

Boris rejeta un coup d'œil au rapport.

— Pas vraiment. Mais salement amoché tout de même. Il est à l'hôpital Saint-Joseph, dans le XIVe...

Il se leva.

— Monsieur le Divisionnaire, si vous le permettez, j'ai l'impression que l'affaire rebondit.

Badolini eut un sourire de cobra.

— Grâce à qui, Messieurs ?

Corentin se paya le luxe très peu hiérarchique de négliger les remerciements respectueux qu'appelait la question.

— Quand je pense que je lui ai trouvé une tête de représentant de commerce quand je l'ai vu et lui ai parlé, au Bois de Boulogne, soupira-t-il. C'est fou ce qu'on peut parfois se tromper, quand même sur le *look* des gens...

Badolini se carra dans son fauteuil.

— Ça me fait plaisir de voir que les affaires

reprennent, constata-t-il d'une toute petite voix de tête à claques.

*
**

La réussite d'un flic, pensa Brichot douloureusement, ça passe d'abord par les pieds.

Il avait marché des kilomètres jusqu'à l'avenue Charles-Floquet. Pour cause d'absence totale de taxis aux stations idoines. Quant à ceux qui filaient sur la chaussée, ils étaient tous obstinément occupés. Pour ce qui était du métro, il était en grève...

Résultat, ses chaussures étaient blanches de poussière et ses orteils douloureux comme si on leur avait tapé dessus à coups de marteau.

— Est-ce qu'un apéritif vous ferait plaisir, Inspecteur ? fit la voix haut perchée qui émergeait d'un nuage de parfum vertigineux.

Rose, jasmin, tubéreuse et ylang-ylang, à vue de nez, pensa Brichot qui était sorti, ferré à mort sur le sujet, d'une enquête dans les milieux de la haute couture et de la parfumerie (1).

Ce qui me ferait plaisir, songea-t-il *in petto*, ce serait un bon bain de pieds, pas un apéritif !...

Il bredouilla une réponse beaucoup plus courtoise et se laissa entraîner sur la terrasse mitraillée de soleil. Avec un peu de buée sur ses verres Amor. Pour cause tout simplement de vision encore plus vertigineuse que le parfum qui flottait dans les immenses pièces de l'appartement.

Quand Brichot avait sonné, Emma Bréval était en pleine séance de bronzage, entre la haie de bambous et les massifs de géraniums. Et elle n'avait pas fait de frais de toilette superflus pour l'accueillir. C'est-à-dire qu'elle était restée vêtue de son maillot

(1) Voir B.M. N° 43 : *Le Parfum de la dame en gris.*

saumon une pièce qui lui collait à la peau comme si on s'était contenté de le dessiner dessus. Avec le détail affolant tout de suite repéré par un Brichot sevré de sa légitime épouse depuis déjà quinze jours pour cause de vacances familiales à la Baule : le « décolleté » du maillot sur les cuisses, remontant pratiquement jusqu'à la taille. Sa croupe dansante était soulignée plus que dissimulée par un triangle d'étoffe lui aussi échancré au maximum sur les aines. Quant au devant... Il préférait essayer de ne pas y penser...

— Maintenant que vous avez fait le tour du propriétaire, Inspecteur, roucoula-t-elle en se laissant retomber sur son matelas pneumatique dans des ondulations de fesses et de seins à donner le mal de mer, je suppose que vous désirez m'interroger ?

Brichot avait des difficultés à avaler sa salive. Assis dans un grand fauteuil d'osier, il essayait de se concentrer sur les parfums suaves des orchidées, tout près de lui, sur la terrasse.

— Interrogatoire ? émit-il enfin. Pourquoi ? Je voulais simplement...

Il venait d'inspecter les lieux pendant une bonne demi-heure. Avec la bénédiction d'Emma Bréval qui lui avait chaudement recommandé de faire comme chez lui et qui était retournée se dorer sur la terrasse. Et pour cause : ça faisait belle lurette, Brichot l'avait tout de suite compris, qu'elle avait effacé, dans l'appartement, tout ce qui pouvait être de près ou de loin compromettant. La meilleure preuve, c'était les « accessoires » très spéciaux que Boris Corentin, l'autre jour, avait aperçus dans les tiroirs d'une coiffeuse de la chambre de la jeune femme, lors de sa « visite guidée » sur les traces de Rose, la bonne. Aujourd'hui, godemichets et autres vibromasseurs avaient disparu sans laisser de traces. Effacés. Anéantis. Ni vu ni connu. Emma Bréval n'était pas tombée de la dernière pluie. Et elle avait fait très consciencieusement le ménage dans sa vie privée et celle de son mari.

— Je voulais seulement me rendre compte par moi-même, reprit-il. Nous rencontrons bien des obstacles dans cette enquête. Et parfois un détail...

Il s'interrompit, voix altérée. Emma Bréval venait de se retourner sur le dos. Et son maillot avait subi une modification importante : le haut avait été roulé à hauteur du ventre. Ce qui signifiait qu'une paire de seins monumentaux aux pointes dures et longues comme des crayons s'exhibaient sans complexes. Et pas seulement aux rayons du soleil.

— Votre domestique, Damien Vernal, reprit Brichot que sa moustache commençait à chatouiller comme s'il allait éternuer, vous étiez au courant que votre mari l'utilisait comme...

— Comme rabatteur ? s'écria Emma en roulant sur la hanche droite pour se redresser sur le coude, ce qui eut pour effet de faire chavirer très doucement ses seins magnifiques contre son bras. Mais pour qui me prenez-vous, Monsieur l'inspecteur ? Evidemment que je le savais !

Elle releva les bras pour rejeter ses boucles en arrière et un nouveau jet d'adrénaline fusa dans les veines de Brichot. Les pointes de ses seins, tirées du même coup vers le haut, étaient comme deux obus braqués en direction de sa libido.

— Ma vie n'a pas été très drôle au début, repritelle, mais je m'y suis faite, que voulez-vous ? J'ai survécu...

Elle roula à nouveau sur le ventre, et Brichot eut plusieurs débuts d'infarctus en chaîne à voir ces fesses absolument admirables, musclées et charnues et parfaitement rondes, dont seul le sillon médian disparaissait sous l'étoffe du maillot. Et encore : le maillot était littéralement « mangé », avalé par cette double bague de chair épanouie et mouvante.

— Je me suis inventé mes plaisirs à moi, reprit-elle d'une voix rauque.

Elle était tout près de lui, maintenant. A ses pieds. Il se demanda si c'était une idée, ou si vraiment le soleil s'était rapproché brusquement de la terre, tellement on étouffait.

— Vous ne devriez pas rester là, murmura-t-elle. Vous allez attraper une insolation. Si nous rentrions ?

— Et David ? émit Brichot d'une voix soudain de fausset au bord de l'évanouissement. Vous saviez que votre mari, juste avant sa mort, connaissait un certain David qui...

Emma Bréval se redressait. Musculeuse et monumentale comme une statue en mouvement. Sur les genoux d'abord, creusant les reins, faisant saillir les deux collines douces de ses fesses luisantes de sueur.

— Venez, Monsieur l'inspecteur, ordonna-t-elle presque. On étouffe. Il n'y a que dans ma chambre que la climatisation marche encore. J'attends le réparateur depuis quinze jours.

***

— N'ayez pas peur, approchez !

L'inspecteur Aimé Brichot avala sa salive une bonne dizaine de fois. La chambre d'Emma Bréval était plongée dans l'obscurité. Il avança. « Au secours, Jeannette ! » hurlait-il mentalement. Pourquoi elle n'était pas là, Jeannette, à cette heure, au lieu de jouer dans les vagues avec les jumelles, sur la plage de La Baule ?

— Allons, un peu de courage, reprit la voix fiévreuse qui venait approximativement du lit...

Il trébucha. Une longue main fine ornée de bagues dont la vente aurait probablement permis de nourrir pendant quinze jours tous les mendiants de New Delhi ou de Bombay le rattrapa au poignet.

— Et en plus vous êtes maladroit ! rit-elle légèrement. Vous piétinez mes chefs-d'œuvre.

— Je n'avais pas vu, bredouilla Brichot qui en profita pour reculer avec précipitation.

Par terre, sur la moquette, une dizaine d'aquarelles étaient répandues, les unes terminées, les autres à peine ébauchées. Des paysages, des portraits. Autant qu'il pouvait en juger, Brichot pensa que la veuve du P-DG empalé ne manquait pas d'un certain talent.

— Ce n'est rien, fit la voix d'Emma Bréval surgissant en même temps dans le halo rose d'une lampe de chevet dont elle venait de presser l'interrupteur. Un simple passe-temps pour tromper l'ennui. Je suis si seule... Alors je m'amuse. Ce que je préfère, c'est faire les portraits de mes amis. Venez donc vous asseoir près de moi, Inspecteur.

Cette fois, Brichot se dit qu'il y avait quelque chose qui n'allait plus dans ses lunettes. En relevant le nez, il venait de constater qu'Emma Bréval ne portait plus que ses bijoux. Un collier de perles et des bagues somptueuses à chaque doigt.

— J'ai dû choper une insolation, pensa-t-il.

En fait, son crâne venait de se ripoliner d'écarlate. Il vacilla. « Qu'est-ce que tu ferais à ma place, Boris ? » suffoqua-t-il intérieurement.

Poser la question, c'était y répondre. D'autant plus que la veuve du patron de Ravel-Garonne n'était même pas allongée « normalement » sur le lit. Couchée en travers, elle y essayait des poses variées, sur une hanche puis l'autre, à demi sur le ventre. Sur le dos de nouveau, une jambe repliée, l'autre étendue, comme si elle n'arrivait pas à trouver la bonne position. Ou comme si quelque chose, décidément, la chatouillait. Offrant au passage des panoramas terriblement plongeants sur des écartements plus ou moins généreux du profond sillon de sa croupe ou de ses lèvres secrètes luisantes comme un fruit tout juste mûr et couvert de rosée sous la charmille de poils bruns qui bouclaient tout autour.

Qu'est-ce qu'il aurait fait, Boris ? Il aurait fait comme allait faire Brichot, ça devenait fatal. L'inspecteur principal père de trois enfants retrébucha sur les aquarelles, éparpillant trois portraits de femme, toujours la même, une superbe rousse approximativement de l'âge d'Emma, qui à demi couchée dans l'herbe levait un visage angélique. Très Berthe Morisot ou Renoir...

— David ? émit encore Brichot près d'avaler sa moustache. Vous ne m'avez pas répondu à propos de David, le dernier ami de votre...

— Viens, idiot, souffla la veuve d'une voix caniculaire. Oublie un peu la police, tu veux bien ? C'est comme ça que tu lui feras le plus honneur !

Elle n'était plus qu'une paire de fesses géantes sur le bord du lit, poitrine écrasée contre les draps, pieds raclant le sol.

« M... pensa l'époux somme toute assez fidèle de Jeannette (à part quelques entorses au contrat conjugal, dérisoires si on comparait avec le nombre de tentations côtoyées au cours de sa carrière). Je suis comme les autres, je n'ai qu'une vie. »

Il se laissa tomber contre la croupe monumentale en émettant un grondement féroce.

Après tout, à tant faire que de succomber à la concupiscence, nécessairement suivie chez lui d'une crise aiguë de culpabilité, autant en profiter comme une bête, non ?

***

Ronds comme des billes, les yeux de Brichot privés de leurs précieux verres correcteurs se mirent à papilloter. Où est-ce qu'elles étaient passées, ses lunettes, parties dans la tornade genre typhon sur

Hawaii qui venait de les empoigner, tous les deux, au milieu des draps de soie du grand lit d'Emma Bréval ?

— Si je vous dis que j'ai beaucoup pensé à vous, Inspecteur, depuis votre première visite, fit la jeune femme tout contre son oreille dont elle léchait très doucement les contours labyrinthiques, vous allez penser que je ne suis pas sincère ?

— Mmm, fit Brichot qui était à mille lieues de pouvoir juger de la sincérité de la jeune femme.

— C'est pourtant la vérité, reprit-elle dans un chuchotement. Je me suis toujours méfiée des types trop beaux, trop Apollons des plages... Les athlètes stéréotypés trop sûrs d'eux... Ce que j'aime c'est les hommes vrais, émus... Sincèrement émus.

Ça, pour être ému, il l'était, l'inspecteur Aimé Brichot. Surtout depuis qu'il sentait quelque chose qui s'activait du côté de sa cuisse droite. Et que ce quelque chose, il venait de le réaliser, c'était la main d'Emma, ses longs doigts qui grimpaient méthodiquement en frôlant légèrement l'étoffe de son pantalon.

— Laissez-vous aller, fit-elle encore. Je n'ai pas envie de vous laisser des regrets...

— Regrets ? émit-il d'une voix étranglée.

— Les seules femmes qu'on regrette, c'est celles qu'on n'a pas eues.

Un frisson parcourut les reins de Brichot. Les doigts bagués d'Emma venaient d'atteindre leur but et l'enveloppaient savamment à travers le pantalon.

— Et moi, vous n'allez pas me regretter, termina-t-elle avec une voix de fournaise.

Vacillant, Brichot laissa tomber ses paupières. Envahi de vertige. C'était la première fois qu'une fille aussi belle s'abandonnait entre ses bras. Une femme d'un autre milieu que lui. De la « haute » comme on dit. Tous ses complexes de fils de modeste blanchisseuse du Berry tourbillonnaient en lui. Attisant encore l'excitation fantastique qu'il sentait monter. C'était donc vrai, ce qu'on disait, que plus une femme appartenait à une classe sociale élevée, plus elle semblait hautaine, distinguée, raffinée, et plus c'était merveilleux de « se la faire ». De la voir gémir, crier, se tordre et se retordre dans tous les sens, s'offrir, s'abandonner...

Les doigts d'Emma continuaient à s'activer. Elle fit descendre la fermeture Eclair de son pantalon et le chercha en serpentant avec une adresse diabolique.

— Laissez-vous faire, fit-elle doucement. N'ayez pas peur.

Il gigota.

— Je n'ai pas peur, protesta-t-il.

Elle venait de l'extirper après une lutte de quelques secondes avec le slip, que compliquait encore la raideur du membre.

— Magnifique, apprécia-t-elle. C'est vrai que vous n'avez pas peur...

Elle se baissa, bouche déjà arrondie.

— Décidément, vous me plaisez de plus en plus, fit-elle de sa voix de grande bourgeoise avant de l'engloutir jusqu'au fond de la gorge.

***

Un quart d'heure plus tard, Aimé Brichot se sentit remonter soudain, plus dur encore et plus volumineux que la première fois. C'est vrai que ce qu'Emma lui offrait, maintenant, avait de quoi rendre dingue un père de famille encore plus endurci dans la fidélité que le très fidèle époux de Jeannette.

Une paire de fesses admirables, nues et blanches, superbement bombées.

Qui s'écartaient lentement tandis qu'Emma, au

milieu du lit, à genoux, buste penché en avant, ouvrait peu à peu les cuisses.

De sa main gauche, la jeune femme glissa pour venir caresser l'une des demi-sphères de sa croupe fabuleuse et la tirer un peu de côté, dévoilant dans le fouillis de sa toison une intimité rose corail au dessin si précis que même sans lunettes, elle parut à Brichot comme gravée à l'eau-forte.

Les doigts d'Emma continuaient à coulisser. Le majeur descendit jusqu'au sexe et, très lentement, s'y enfonça. Puis l'index le rejoignit et tous deux se mirent à aller et venir à un rythme accéléré.

Sang aux tempes, Brichot entendait sa propre respiration haletante entre ses dents.

Les hanches d'Emma se mirent à tourner doucement. Il la vit se tordre la nuque et jeter un regard vers lui.

— Qu'est-ce que vous attendez ? souffla-t-elle. Venez, je vous en supplie !

La seconde d'après, il était derrière elle, appuyé à ses fesses fabuleuses. D'une main elle le saisit et le guida en elle. Il eut l'impression de pénétrer dans un puits de velours. Elle eut un feulement sourd et se pencha un peu plus en avant pour s'ouvrir encore, reins cambrés, mains à présent recroquevillées sur les bordures de dentelle d'un oreiller.

— Oui, ahana-t-elle. Oui ! Plus vite ! Plus fort !

Tout de suite après, elle commença à crier sous les coups de l'épieu qui la faisait tressauter tandis que montait peu à peu le flot du plaisir.

*
**

Quand il quitta l'avenue Charles-Floquet une heure plus tard, l'inspecteur principal Aimé Brichot se dit que les trottoirs de Paris tanguaient d'une façon pas normale du tout.

Emma Bréval n'avait consenti à le lâcher qu'après plusieurs « salves d'adieux » destinées à lui laisser des souvenirs sulfureux pour ses vieux jours. Il s'était enfin échappé, sidéré. Ce qu'il avait eu sous les yeux pendant plus de deux heures, ce n'était plus une femme. Une Bacchante, plutôt, complètement déchaînée de désir. Ivre. Rien à voir avec l'Emma Bréval élégante et hautaine dont elle donnait l'image, quand on la voyait pour la première fois. Rien à voir avec la veuve très bourgeoise du P-DG assassiné dans des conditions plutôt louches.

Une véritable fleur carnivore qui n'avait pas cessé de se refermer sur lui pendant deux heures. Roucoulante de désir. Absente à tout. Sauf à cette volonté de plaisir qui la ravageait.

L'inspecteur de la Brigade Mondaine, père de trois enfants, se bloqua au milieu du trottoir, sentant monter les affres de ce qu'on pouvait raisonnablement appeler une crise de culpabilité carabinée.

— Flûte, essaya-t-il de se secouer. La chair est faible, quoi, c'est vrai !

Mais il n'arrivait pas à s'y faire, c'était plus fort que lui. Il se sentait tout mou en dedans et les jambes en coton. Et un grand vague à l'âme au fond de lui...

CHAPITRE XIII

Boris Corentin, au même instant, relevait la tête, considérant à travers la fenêtre de la chambre l'espèce de petit village que formait, en bas, l'hôpital Saint-Joseph, dans le XIVe arrondissement. Des rues, des carrefours, des avenues, des parkings, des bâtiments de différentes époques, des passages vitrés et couverts. La chapelle là-bas, derrière les arbres. Des haies bien entretenues. Et des panneaux un peu partout, en forme de flèches, indiquant les différents pavillons.

« Marrant, la vie, songea l'inspecteur divisionnaire des Affaires Recommandées. Si on n'avait pas les intuitions et les coïncidences, on serait comme des escargots sans antennes. Ou des sous-marins sans radars. »

Il revint vers le lit où tout un ensemble de drains, de tuyaux, de bouteilles de sérum et d'anticoagulants faisait un cadre assez surréaliste au visage de grand blessé qui gisait au milieu. Teint tirant sur le vert, cernes mauves descendant presque au menton, Jacques Lecourt, professeur aux Langues Orientales, né cinquante et un ans plus tôt au Caire parce que son paternel y était attaché d'ambassade, donnait plutôt dans le genre hagard.

— Essayez de vous souvenir encore, murmura

Corentin qui voyait monter chez Lecourt une torpeur annonciatrice d'un profond et long sommeil. Qui était ce garçon ? C'est très important...

Le prof aux Langues O. émit quelques gargouillis pathétiques.

— Ecoutez, reprit Boris après avoir deviné plus que compris ce que lui demandait son vis-à-vis, je vous ai déjà répondu. Oui, votre femme a été prévenue, on ne pouvait pas faire autrement. Mais je vous jure que le personnel de l'hôpital a reçu des consignes comme vous le désiriez. On dira à votre épouse qu'il s'agit d'une agression. Comme il peut en arriver à n'importe qui.

C'était d'ailleurs le cas, après tout. Une agression sauvage, même. Lecourt avait failli y rester... Il avait perdu énormément de sang et l'intervention chirurgicale ne l'avait sauvé qu'*in extremis*. Seulement, il y avait tout le reste, tout le processus qui avait conduit Lecourt à cette aube, en bordure de l'hippodrome à Longchamp, où une patrouille de police l'avait découvert, inanimé, dans un très vilain état.

Et c'est ce processus, que Lecourt, marié depuis trente ans, pas d'enfants, une vie irréprochable d'universitaire sans histoire, avait supplié Corentin de tout faire pour que son épouse n'en sache rien. Le policier de la Brigade Mondaine avait fini par accepter. En échange d'un récit détaillé de ce processus...

— Je suis flic et j'ai d'excellentes raisons de penser que votre mésaventure pourrait nous aider à éclaircir une affaire qui se rapproche terriblement de la vôtre, lui avait-il dit. Alors c'est donnant, donnant. Vous me faites visiter les recoins secrets de votre vie privée et pour votre femme il ne sera rien arrivé d'autre qu'une agression nocturne par des voyous. A vous ensuite de lui raconter ce que vous voudrez...

Ça n'avait pas été facile de tirer les vers du nez à Lecourt. En plein choc post-opératoire, le malheureux flottait dans un univers cotonneux où sa mémoire n'était qu'un faible clignotement. Quand la lucidité lui revenait, c'était pour se cogner à une autre panique. Sa femme qui risquait de tout savoir. Sa carrière brisée. Sa façade de rat de bibliothèque effondrée. Son masque d'hétérosexuel à cent pour cent arraché. Même la transfusion sanguine l'avait jeté dans le délire. Il avait piqué une crise de nerfs en hurlant qu'on allait lui refiler le SIDA.

Finalement, Corentin était plus ou moins arrivé à reconstituer par petits bouts l'histoire de Jacques Lecourt. Une histoire vieille comme le monde. Celle d'un type qui s'emmerdait entre son foyer trop paisible, son épouse trop douce, trop attachée à lui, et son métier depuis longtemps sans surprise... Et qui s'était mis à rêver à autre chose. Des aventures complètement autres. Des frissons absolument clandestins.

— Ça fait cinq ou six ans, avait-il expliqué, que je grignote sur les horaires, invente des rendez-vous, des voyages, pour me libérer de temps en temps. A peu près deux fois par mois en moyenne. Au Bois le plus souvent...

Boris Corentin soupira. Au fond, tout ça ne relevait même pas de la coïncidence, puisque l'enquête qu'il poursuivait sur le meurtre de Serge Bréval l'avait orienté vers le milieu homo.

Bien sûr, au départ, il était parti sur la fausse piste de la prostituée blonde accompagnant Bréval à l'hôtel. Mais finalement ça l'avait ramené tout de suite dans les labyrinthes de l'univers *gay*. C'est-à-dire au Bois de Boulogne, puisque le Bois, depuis quelques années, est devenu à quatre-vingts pour cent le terrain de chasse privilégié des homos. La blonde platinée de l'hôtel de la Bastille était désormais certainement un travelo. Le monde parallèle où évoluait Bréval n'était peuplé que d'homosexuels. Et Lecourt, miraculé, sur son lit d'hôpital, le ramenait aux premières heures de son enquête, au Bois. Quand un éclair de flash avait attiré son attention, à lui Corentin, alors qu'il était avec Sarah, l'ex-prostituée recyclée, et qu'il s'était précipité à travers les fourrés sur un inconnu qui, en apparence, regagnait paisiblement sa voiture...

Maintenant, l'inconnu était en face de lui, sérieusement amoché. Et ses apparences paisibles n'étaient plus qu'un souvenir. Plus rien à voir avec le promeneur décontracté qui avait répondu à Corentin, l'autre soir, au Bois.

Tout avait commencé à aller de travers avec l'histoire du flash justement, cette nuit-là. Un éclair dans les buissons alors que Lecourt était à genoux dans les fougères devant un garçon de 13 ans et demi.

Le môme s'était enfui en cavalant. Jacques Lecourt s'était relevé en titubant et éloigné, s'efforçant d'avoir l'air d'un promeneur bien tranquille qui vient de satisfaire un besoin naturel pressant...

C'est le lendemain matin très tôt que les choses s'étaient gâtées vraiment. Par un coup de fil où un inconnu lui donnait rendez-vous pour le soir même afin de lui communiquer, disait-il, des documents photographiques qui l'intéresseraient sûrement.

Lecourt n'était pas allé au rendez-vous. Le surlendemain, le téléphone avait à nouveau grelotté. Lecourt avait raccroché. Trois jours s'étaient écoulés ensuite sans que le maître chanteur se manifeste à nouveau. Et puis il y avait eu la nuit du drame...

— Je devais retrouver un type près de Longchamp. Celui précisément qui m'avait fait connaître l'adolescent avec lequel j'avais été coincé au Bois... Un blond, très grand, les yeux très bleus, l'air un peu allemand. Rencontré aux Tuileries, un soir, il y a deux ou trois mois. Il m'a dit se prénommer Helmut. Un faux nom, bien entendu. Moi aussi, d'ailleurs, je lui avais donné un faux nom.

— Lequel ? interrompit Corentin.

— Vous allez rire, émit le professeur aux Langues O. Boris...

Le pseudo-Helmut lui avait procuré plusieurs fois des mineurs. Moyennant pourcentage, bien entendu. Le soir du flash, au Bois, c'était encore Helmut qui avait organisé le rendez-vous. Toujours Helmut. Corentin commençait à voir se dessiner le piège dans lequel le prof d'arabe saisi par le démon de midi — un démon de midi particulier : homo — était peu à peu tombé.

D'après Lecourt, Helmut qui l'avait décidément pris en amitié l'avait même emmené, un soir, dans une grande villa des environs de Paris, il ne savait pas exactement où étant donné que le voyage s'était déroulé dans une Estafette hermétiquement close. Une sorte de maison de rendez-vous pour homos où Lecourt avait passé quelques heures dont il semblait garder un souvenir inoubliable.

En particulier, il avait pu assouvir avec un des très jeunes gens de l'endroit un ancien fantasme qu'il n'avait jamais osé réaliser jusque-là. Sur sa demande, le garçon s'était laissé enduire des pieds à la tête de confiture de myrtilles et Lecourt l'avait léché partout jusqu'à ce qu'il soit complètement nettoyé.

— Il y avait, au bar et dans les salons, d'autres types dans mon genre. Je veux dire des quinquagénaires. Elégants, distingués souvent... Pleins aux as en apparence... J'ai entendu l'un d'eux parler à la patronne. Il l'appelait Madame... Madame... Aude. Ou Maud... Quelque chose comme ça...

C'est tout ce qu'il savait sur la villa en question. De toute façon, il n'avait cessé de boire toute la soirée, ce jour-là, et ses souvenirs étaient plutôt brumeux...

Quant à la nuit où il avait failli laisser sa peau, c'était encore plus vague. Il avait arrêté sa voiture près de Longchamp, là où Helmut lui avait fixé rendez-vous, et il avait attendu en faisant les cent pas sur le trottoir.

Il avait eu soudain l'impression que son crâne éclatait. Puis il n'avait plus eu aucune impression. Il était évanoui.

Boris Corentin rapprocha sa chaise métallique du lit de douleurs de Jacques Lecourt.

— Parlez-moi encore de ce garçon, cet Helmut. Décrivez-le moi, s'il vous plaît. C'est important.

Lecourt sortit de sous les draps une main tremblante qui se crispa sur le bras de Corentin. Ses yeux injectés de sang suppliaient.

— Monsieur l'inspecteur, promettez-moi pour ma femme... Je l'aime, vous savez ! J'ai toujours été un bon mari ! Ce n'est pas parce qu'il y a cette folie en moi, cette bête qui me ronge...

Corentin soupira.

— Je vous l'ai déjà promis, émit-il d'une voix ferme. Et je tiens toujours mes promesses. A vous maintenant, pour cet Helmut. Fouillez vos méninges, mon vieux...

***

Lorsqu'il referma la porte coulissante de la chambre où Lecourt dormait maintenant, terrassé par les tranquillisants, Corentin s'accorda deux minutes pour réfléchir. Récapitulant.

Aux prénoms déjà bidons probablement de « Steve », l'ami de Damien Vernal, et de « David », le dernier giton du P-DG de Ravel-Garonne, venaient de s'ajouter un « Helmut » blond aux yeux bleus et une « Madame Aude » ou « Maud » dont Jacques Lecourt était bien incapable de fournir la moindre description, vu qu'il était déjà complètement schlass quand il était arrivé chez elle.

A quoi venaient s'additionner une tentative de chantage, un photographe guettant les détournements de mineurs dans les fourrés du Bois et une maison de rendez-vous pour homos qui pouvait se situer n'importe où dans un rayon de trente kilomètres autour de Paris.

Assez d'indices vaseux pour pédaler des neurones pendant l'éternité, si on avait la vocation.

— Au travail, se murmura Corentin dans le couloir de l'hôpital. Il ne s'agit plus de penser maintenant, mais d'agir.

⁂

— Rien de neuf ? fit Corentin en poussant la porte du local des Affaires Recommandées. Mémé n'est pas encore rentré de chez Madame Bréval ?

Le bureau, au second étage du Quai des Orfèvres, avait son air glauque des fins de journées, avec l'odeur de tabac froid et de sueur humaine traînant entre les tables, les téléphones et les chaises métalliques.

Tardet eut une imperceptible inclinaison de la nuque pleine de respect.

— Aucune nouvelle d'Aimé, répondit-il.

— Normal, commenta Boris. Il prend goût au luxe ! Les délices de Capoue... Il devrait faire attention. Déjà, pour Hannibal, ça a mal fini, ce genre de tentation !

Tardet n'avait pas l'âme historique.

— Robert est sur l'affaire du photographe, ajouta-t-il. Tu sais, ce « Malik » avec lequel le gosse qu'on a coincé montait des coups de chantage...

Boris poussait du bout des doigts une rame de papier sur son bureau. Il s'immobilisa.

— Le môme a eu peur, il a finalement tout déballé, continuait Tardet. Le « Malik » en question s'appelle Malik comme toi et moi, bien entendu. Il a un studio dans le XIXe, près de Stalingrad...

Corentin se gratta le nez.

— Le nom, l'adresse, s'il te plaît ?

— Hein ?

— Moi aussi, figure-toi, j'ai une histoire de photographe dans mon enquête. De chantage également. Alors on ne sait jamais. Tu vois ce que je veux dire ? Le monde est petit et celui des homos encore plus...

— Etienne Helmbacher, laissa tomber Tardet, impressionné, en consultant un calepin. Quai de la Loire. C'est en bordure du bassin de la Villette.

*
**

A l'autre bout de Paris, dans un quartier beaucoup plus élégant, face à la Tour Eiffel, Emma Bréval s'examinait attentivement dans la glace en pied du salon entourée d'un lourd cadre Louis XVI. Complètement nue.

— Figure-toi que c'est moi qui l'ai fait parler, le pauvre chéri, roucoula-t-elle dans un joli rire. Il a des excuses, d'ailleurs. Le genre père de famille qui ne tire un coup extra-conjugal que les années bissextiles... Ça valait la peine de payer de ma personne, n'est-ce pas ?

Grésillements divers sur la ligne téléphonique.

— Tu es sûre qu'il a parlé d'une manivelle ? fit enfin la voix de sa correspondante.

Emma se retourna à demi pour examiner dans la glace ses fesses en pomme.

— Manivelle de voiture, oui. Plantée là où on a retrouvé, chez Serge, la rampe de néon. C'est marrant, non ?

— Assez, apprécia la voix aux intonations légèrement tremblantes sur les fins de mots.

De son bras gauche replié sur sa poitrine, Emma releva légèrement les magnifiques obus roses de ses seins.

— Maud... murmura-t-elle, troublée par sa propre image. J'ai envie de te voir. Tellement envie !

— Quand tout sera tassé, ma chérie, coupa Madame Maud au bout du fil.

Elle réfléchit un instant.

— Et ce type que le flic a évoqué, reprit-elle. Il était mort quand on l'a découvert ?

— Non, rit Emma. Il a eu plus de chance que Serge ! On l'a sauvé de justesse, lui...

Elle ondula du ventre, faisant légèrement danser dans un mouvement élastique sa toison noire.

— Maud, redit-elle tendrement. Quand ce sera fini, on s'en ira toutes les deux, hein ? On partira ? On oubliera tout, ensemble ? Loin, très loin ? L'Australie... Tu m'as promis...

***

— Ta gueule !

C'était rare que Maud O'Casey, fanatiquement à cheval sur les bonnes manières, se laisse aller à de tels écarts de langage. Seulement à cet instant, vraiment, les glapissements de Casanova le perroquet, l'empêchaient de penser. Et penser, c'était ce qu'il y avait de plus urgent à faire, jugeait-elle.

Elle se leva et quitta le minuscule salon du premier. Ruminant le coup de fil d'Emma. Une idiote providentielle, décidément. Depuis le début d'ailleurs. Une idiote utile ! Indispensable, même. Sans le savoir, elle lui avait fourni l'information qui lui manquait depuis la nuit dernière. Cette petite frappe de David avait loupé son coup avec le prof aux Langues O. Et il n'avait pas osé le lui dire. Sale race de tapettes... Sans compter qu'il l'avait doublée en essayant de recommencer son chantage minable alors que la police continuait à enquêter sur le meurtre de Bréval... Pauvre idiot qui s'était cru plus malin qu'elle.

Il allait payer. C'était plus fort qu'elle, elle avait toujours détesté les tueurs qui ratent leur coup. Elle avait toujours également méprisé les tantes. Quand en plus le tueur maladroit se doublait d'une tante, ça faisait naître en elle des envies de génocide.

Elle attaqua la descente de l'escalier, ses yeux étrangement brillants.

Des yeux de « solution finale »...

CHAPITRE XIV

Madame Maud planta ses mains dans les poches de son pantalon en gabardine noire.

— Je suis désolée, David, mais il va falloir que tu disparaisses de nouveau pendant quelques semaines.

Un magnifique casque de cheveux blonds comme du blé mûr se tourna vers elle, surmontant un visage d'une étonnante régularité, profil parfait, maxillaires exactement symétriques, menton délicatement divisé par une fossette presque enfantine. Une tête de dieu du stade idéale, juste peut-être un peu trop rose de peau et blond des cheveux. Ça avait toujours été son défaut, à David, de forcer inconsidérément sur le fard pastel à joues et la décoloration oxygénée de sa chevelure...

Il chavira de la nuque, ses lourdes paupières mi-closes. Lèvres frémissantes.

— Attends, murmura-t-il d'une voix un peu trop aiguë. Ecoute. Est-ce que ce n'est pas divin, Maud ? Ecoute ce frisson... Cette folie qui gémit...

Des baffles, encastrées dans les boiseries de chêne ciré du plus petit des trois salons de la villa de Madame Maud (baptisée « Amphitrite » par le précédent propriétaire, auteur d'un dictionnaire de mythologie grecque qui chérissait particulièrement la déesse de la mer) pleurait puis hurlait puis soupirait et se déchirait la voix souveraine de la Callas, la grande cantatrice universellement admirée et qui, au surplus, est une des idoles des *gays* mélomanes.

— *Nabucco* (1), émit David au bord de la syncope de sa voix de fausset. Ecoute... Est-ce que ce n'est pas trop beau pour continuer à vivre, quand on a entendu ça ? Est-ce qu'on n'a pas envie de mourir, hein, parce que plus rien ne sera aussi fort...

Maud O'Casey avança un visage de louve. La férocité crispait son sourire en un rictus presque laid.

— David... fit-elle en le fixant d'un regard glacial.

— La voix de la Callas n'est pas un organe comme les autres, murmurait l'éphèbe pâmé. C'est quelque chose qui jouit, qui n'arrête pas de jouir.

Les yeux de Madame Maud se rétrécirent dangereusement.

— Tu m'as désobéi, David, tu m'as menti... Tu avais un contrat, tu ne l'as pas rempli...

Elle se dirigea vers la platine et coupa le son.

— Après la mort de Bréval, tu devais te tenir tranquille, vibra-t-elle d'une voix sourde. Planqué pendant un mois... Au lieu de ça, tu t'es conduit d'une façon inadmissible. Steve a dû t'enfermer. Et tu as trouvé le moyen de lui fausser compagnie.

Au moment où la patronne avait coupé le sifflet à la Callas, l'éphèbe blond à demi couché dans un grand fauteuil de velours noir avait pris la tête d'un cosmonaute retrouvant brutalement les lois de la pesanteur...

— J'ai horreur qu'on m'enferme, émit-il. C'est plus fort que moi. Traumatisme d'enfance. J'avais un frère aîné qui s'amusait à me boucler dans le placard à balais et...

(1) Opéra de Giuseppe Verdi.

— M'en fous! grinça Madame Maud. Tu nous a filé entre les pattes et tu as recommencé tes conneries.

— Tu ne vas quand même pas prétendre que j'ai raté Bréval ? protesta-t-il avec une indignation sincère. J'ai au contraire fignolé. Bréval est mort de ses propres vices. Puni par où il a péché. Un horrible accident comme il en arrive quand on va jusqu'au bout de son masochisme...

— Accident! ricana la maîtresse des lieux. Tu parles ? La police fourre son nez partout à l'heure qu'il est. Tu imagines qu'on paye les flics pour croire à tes camouflages ridicules ?

David soupira. Il avait pourtant tout prévu. Et jusqu'au bout Bréval ne s'était douté de rien. Dingue comme il était de cet amant beau comme un dieu à la crinière blond électrique qui savait si bien le mener au plaisir avec les raffinements sadiques dont il avait besoin, le P-DG de Ravel-Garonne l'aurait suivi n'importe où. Si David l'avait voulu, il aurait pu le convaincre de l'accompagner à pied jusqu'au sommet de l'Himalaya. Rien qu'à plonger dans les yeux d'un bleu affolant du jeune homme, il perdait la tête. A l'idée du travestissement de David jouant à la pute de bas étage à perruque platinée, quelques heures avant sa mort, il avait annulé trois rendez-vous avec des « commerciaux » du groupe à l'étranger...

— Et en plus tu t'es payé le luxe de recommencer tes chantages minables, siffla Madame Maud.

— C'est mes affaires, se cabra David. On n'a pas signé un contrat d'exclusivité tous les deux, que je sache ?

— N'empêche que tu ne pouvais pas mieux choisir ton moment pour recommencer à asticoter ce type, ce prof aux Langues O, ironisa-t-elle, sombre.

— Jacques Lecourt ? C'était une histoire que je n'avais pas eu le temps de terminer, au moment de la mort de Bréval. J'ai voulu la finir, c'est tout. J'ai horreur des projets qui restent en suspens.

Madame Maud marchait de long en large. Racée et sobre dans sa chemise rayée rouge à col anglais fermée aux poignets par des boutons de manchette en or.

— Tu l'as si bien finie, cette affaire, laissa-t-elle tomber, que ta victime est toujours vivante, pauvre crétin !

David se figea de stupeur. Il était en train de s'appliquer sur les lèvres l'extrémité d'un stick de dermophile indien. C'était son point faible, à David, la bouche. Au premier coup de soleil, il se mettait à gercer et il avait horreur de ça. Raison pour laquelle il avait toujours évité les sports d'hiver.

— Ça alors, souffla-t-il, stupéfait.

Elle le cribla du regard.

— Jacques Lecourt est vivant et il parle, David. Il est venu ici, une nuit, c'est toi qui l'as amené... Il connaît cette maison. Il *me* connaît...

David haussa les épaules.

— Il n'a rien vu. On a fait le voyage en Estafette et il était déjà complètement ivre...

— Depuis, il a eu le temps de dessaouler, cracha la propriétaire de la villa *Amphritite.* Et comme tu as essayé — par manque absolu d'imagination — de le rectifier de la même façon que Bréval, c'est comme si tu avais laissé aux flics des cailloux de petit Poucet menant jusqu'ici...

David croisa ses longues jambes gainées d'un jean 501 (les plus élégants parce que vraiment sobres).

— Tu ne crois pas que tu exagères ?

Madame Maud eut un rire dur.

— Tu auras tout le temps de te demander ça. Je suis obligée de te faire disparaître, David Mordkind !

Le blond sursauta. Il avait horreur qu'on lui

donne son vrai nom. Son nom de famille. Pour deux excellentes raisons. D'abord parce que Mordkind, en allemand, ça n'a pas un sens réellement guilleret. Ça signifie « enfant du meurtre »... Ensuite et surtout parce que c'était justement le nom de sa famille. De son père, Rolf Mordkind, diamantaire richissime de Hambourg, administrateur de sociétés, avec qui il avait coupé les ponts depuis une éternité, lui et son insupportable puritanisme... Comme si c'était celui-ci qui, à travers lui, David, se faisait à chaque fois violer...

Il fallait reconnaître que le passé familial pesait lourd. Son grand-père paternel, Bernhart Mordkind, faisait partie des « chefs historiques » du nazisme. Le père aussi, Rolf Mordkind, avait trempé dans les combines du Reich, sur la fin, pendant que le monstre qui avait mené l'Allemagne à l'Apocalypse s'enterrait dans son bunker de Berlin. David avait découvert ces vieux cauchemars au compte-gouttes. Il avait même eu une réaction saine et louable. Comme pour se laver de l'antisémitisme qui avait pourri sa famille et l'écrasante majorité de ses compatriotes, il s'était fait « marquer », tatouer à l'omoplate gauche. Pas n'importe quoi. Une étoile de David. Le signe d'infamie et de mort que les nazis obligèrent les Juifs à porter pendant les années de cauchemar. Devenu signe de gloire et de liberté depuis, puisqu'il orne le drapeau de l'Etat d'Israël.

Ça avait été le premier geste de rupture de David avec ses parents. Lesquels, d'ailleurs, ne l'avaient prénommé ainsi que dans l'espoir de faire oublier aux autorités d'occupation leurs « erreurs » d'antan... Manifestation de bonne volonté ou de repentir qui ne leur coûtait pas très cher et que David, lui-même, leur avait retournée comme on retourne un compliment.

Ce qu'il n'avait pas prévu, c'est que sa vision du monde allait bientôt changer du tout au tout, et que les particularités de sa libido allaient le pousser à fréquenter beaucoup plus d'Arabes que de Juifs. Un de ses amants l'avait même emmené passer six mois dans un camp palestinien, en Syrie. Pas vraiment un stage, mais il y avait quand même appris des choses intéressantes sur les mille et une façons de tuer son prochain. De retour à Paris, un après-midi d'hiver, il était en train de siroter un thé à la menthe chez Belkacem, son amant palestinien, quand on avait sonné à la porte. Belkacem était allé ouvrir, David avait entendu deux « plop ! » étouffés et il avait réalisé qu'un revolver à silencieux venait de ravir Belkacem à son affection. Sans bien réfléchir, David avait bondi vers la bibliothèque et s'y était emparé de l'arme que son amant y planquait derrière des livres. Un solide Walther P 38, une arme de poing militaire classique qu'il était allé faire tousser plusieurs fois dans le couloir de l'appartement. Ce fut comme si le tueur au silencieux recevait une baffe monumentale. Renvoyé sur le palier, il alla y éclater littéralement en constellations de cervelle et de sang. David l'enjamba et dévala l'escalier. Il était dehors avant que les locataires de l'immeuble ne commencent à s'émouvoir. Personne ne l'avait vu. Personne ne connaissait ses liens avec Belkacem...

Au passage, il venait de découvrir par hasard, dans un mélange d'euphorie et de panique confuse, sa vocation de tueur...

***

— Je suis obligée de te faire disparaître à nouveau, David Mordking, répéta Madame Maud, narines étrangement pincées.

— Combien de temps, cette fois ? soupira le jeune homme accablé à l'idée de tous les plaisirs dont il allait être encore privé dans sa nouvelle planque.

On verra, murmura Maud O'Casey, pour qui, le

mot « disparaître », n'avait pas le même sens que pour David.

— Et où va-t-on ? questionna le tueur blond en se levant avec un joli mouvement de croupe.

— Léo va t'accompagner, indiqua seulement Madame Maud. Tes affaires sont prêtes ?

David ondula des hanches.

— Juste mon sac de voyage à boucler.

Elle le regarda grimper l'escalier quatre à quatre. La bouche tordue à nouveau par son étrange rictus de louve.

Décidément, il y avait une part de naïveté en tout être humain. Elle avait pourtant dit la vérité, rien que la vérité, à David. Elle lui avait annoncé qu'elle allait le faire disparaître. Tout simplement.

Et il avait compris qu'elle allait le cacher à nouveau jusqu'à ce que les choses se tassent.

Les cimetières étaient remplis d'optimistes dans le genre de David Mordkind.

*
**

Boris Corentin, du bout du pied, écrasa sa Gallia sur le trottoir.

— Excuse-moi de te demander pardon, murmura-t-il, mais ton Etienne Helmbacher, photographe et probablement maître chanteur, il m'intéresse aussi. Ou du moins, il va *peut-être* m'intéresser énormément.

Rabert était en train de vider une boîte de Kleenex pour s'éponger le front.

— Et tu ne voudrais pas marcher sur mes plates-bandes ? rit-il. Mais, Boris, mes plates-bandes sont les tiennes, tu sais bien ! Et les plates-bandes de tes plates-bandes sont mes plates-bandes. Alors pour les excuses...

Ils s'étaient retrouvés pile devant le numéro du Quai de la Loire où se trouvait l'atelier photographique d'Helmbacher, alias « Malik » dans les premiers récits très fragmentaires du gosse coincé par Rabert et Tardet gare Saint-Lazare en pleine activité de dealer et de « garçon de passes »...

***

Très George Raft dans *Scarface* faisant sauter dans sa main un *nickel* comme s'il jouait perpétuellement sa vie à pile ou face, David Mordkind fit jaillir de sa paume une petite boîte métallique qu'il rattrapa au vol.

— Je suis prêt, émit-il en souriant.

La boîte, une très vieille boîte décorée des années 20 qui avait contenu des pâtes contre la toux, renfermait le yo-yo piégé aux lames de rasoir qui ne le quittait jamais. Un fétiche sauvage et tranchant qu'il affectionnait tout spécialement.

— Bon voyage, jeta Madame Maud d'une voix sans timbre.

David ramassa son sac Vuitton.

Léo Bourgadier l'attendait devant la double porte vitrée de la villa. Immobile et gigantesque, regard rivé sur celui de Madame Maud.

Celle-ci, derrière le dos de David, venait de transmettre à son barman muet et herculéen un message extrêmement clair :

« Tue-le » avaient articulé ses lèvres silencieusement.

***

Dès qu'ils eurent disparu sur le perron éclaboussé de soleil, Maud regagna le premier étage en courant.

Le problème David était virtuellement réglé.

Mais il lui restait encore du pain sur la planche avant d'avoir complètement fait place nette.

CHAPITRE XV

A deux pas du miroitement gris-vert du bassin de la Villette, l'immeuble avait longtemps abrité un garage. Le nouveau propriétaire des lieux s'était arraché pour faire oublier ce passé trivial de son studio photo et vidéo. *Men only,* ça s'appelait. Il fallait traverser la cour pavée cernée de rideaux de fer rouillés, pousser une porte et on était tout de suite en plein conte de fées. Après la lèpre des murs extérieurs, une vraie bonbonnière aux murs tendus de velours grenat.

D'abord, Rabert et Corentin avaient cru qu'ils s'étaient trompés d'endroit. Une petite blonde un peu boulotte mais ravissante leur avait ouvert avec des mouvements de seins et de fesses sur lesquels il aurait été intéressant de s'attacher plus longuement. Jupe de cuir ultra-courte et collant comme un gant à la croupe. Chemisier léger qui n'avait l'air de tenir que grâce aux deux seins qui le tendaient. Lesquels d'ailleurs ne donnaient pas l'impression d'être prêts à relâcher leur effort...

— Je vais voir ce que je peux faire pour vous, avait-elle répondu à l'adresse de Corentin lorsque celui-ci avait décliné leur état de policiers.

Avec un sourire qui lui criait qu'elle pourrait

éventuellement beaucoup pour lui si les circonstances le permettaient.

Elle s'était éloignée en tortillant les reins comme si une puce s'était logée dans un endroit beaucoup trop intime de sa personne pour pouvoir le gratter en public.

— Bon. On fonce, décida Rabert.

— J'allais te le proposer, renchérit Corentin.

Les meilleures attaques sont celles qui arrivent par surprise. Ils débarquèrent dans le studio proprement dit à peu près en même temps que la blonde qui leur avait ouvert.

*
**

On peut être maître chanteur à ses heures perdues et aimer les décors raffinés, ça n'est pas obligatoirement incompatible. Le studio photo-vidéo d'Etienne Helmbacher était un vaste et harmonieux capharnaüm aux murs tendus de velours grenat, comme dans l'entrée.

Côté professionnel, tout le matériel possible et imaginable aligné sur des étagères, le long des parois. Boîtiers noirs des réflex et des compacts. Posemètres, diaphragmes, flashes, objectifs... Il y avait même, dans une armoire vitrée, toute une collection d'appareils historiques, des pièces de collection dont le plus ancien, un appareil de ferrotype en bois, datait de 1895. Des Rolleiflex des années 20, des vieux Kodak à soufflet, des machines préhistoriques d'au-delà du Rideau de fer, les premiers appareils japonais d'après-guerre...

Bien entendu, il y avait aussi le tout dernier cri de la technique. Caméras vidéo légères Itachi ou Brandt, magnétoscope à bandoulière Akaï, écrans de contrôle...

Le local, un ancien hangar où on avait laissé les poutrelles métalliques du plafond, était plongé dans l'obscurité. A part une sorte de podium, une mini-scène de théâtre violemment bombardée par les lumières blanches des deux spots dont les rayons étaient concentrés et renvoyés par des espèces de « parapluies » disposés aux endroits stratégiques.

— Inutile de prévenir, on va se présenter tout seuls comme des grands, souffla Corentin à la blonde qu'ils venaient de rejoindre.

La fille soupira et son chemisier dessina des angles un peu plus aigus.

— Pour une fois que je me sentais utile, vous me volez mon travail ! fit-elle avec une moue très Bardot années 50.

— Réceptionniste ? interrogea Corentin, tout près d'elle, noyé dans le parfum qui montait de son corps jeune et sain.

— C'est le titre officiel, fit-elle. Mais depuis huit jours que j'ai été engagée, je n'ai encore rien eu à faire...

Ils étaient arrivés sans bruit, pratiquement invisibles dans la pénombre. Elle montra la mini-scène éclairée à l'autre bout du studio.

— C'est là que ça se passe, souffla-t-elle.

A quelques pas, Rabert examinait une bibliothèque — une vidéothèque plutôt —, où étaient rangées des cassettes. Toutes strictement pornos et rigoureusement *gay*. Certaines signées Helmbacher lui-même. Des petits chefs-d'œuvres, à en juger par les titres : *Puceau des deux côtés, American boys, Les hommes préfèrent les blonds, Compartiment cuir...*

— C'est lequel, votre patron ? souffla Corentin.

Elle désigna Helmbacher. Un énorme avec une bague à chacun de ses doigts boudinés. Plus qu'obèse. Son triple ventre tendait son tee-shirt crasseux qui s'auréolait de sueur un peu plus à chaque mouvement.

— Mettez-y un peu plus de cœur, bon Dieu !

était justement en train de glapir le gros homme, sur l'estrade.

Beaucoup trop occupé pour avoir aperçu l'entrée des deux policiers, au fond de la pièce, protégés par la pénombre.

— Ecoute, Isabelita, reprit le photographe en s'approchant d'une fille blonde à la bouche couleur de fraise sauvage, ce n'est tout de même pas moi qui vais t'apprendre comment il faut faire pour avoir l'air de prendre son pied quand on est une femme !

Il s'épongea le front, furieux. Lui, sa spécialité, depuis toujours, c'était les photos homos. S'il s'était laissé convaincre de faire cette série de clichés de la blonde, aujourd'hui, c'était simplement que le client qui était venu lui rendre visite la semaine précédente lui avait promis une somme énorme pour des photos hétéros. Celles d'Isabelita, sa petite amie. Une fille dont il était dingue, ça crevait les yeux.

Un raffiné, le client en question. Sur les clichés, il fallait qu'Isabelita ait l'air en train de se faire violer par deux ou trois types. Pour Helmbacher, tout ça relevait du vice le plus délirant. Déjà que les trucs hétéros le dégoûtaient. Mais en plus, avec toutes ces complications perverses... Heureusement qu'il y avait un joli paquet de fric qui l'attendait à l'arrivée si le client — un vieux à rosette qui avait au moins trente ans de plus que son Isabelita — était satisfait du travail.

Bref, il avait fallu qu'il trouve des partenaires pour la blonde. Il avait puisé dans son cheptel habituel de modèles masculins. Homos bien entendu. Qui étaient en train, en ce moment, nus eux aussi, de faire d'énormes efforts pour avoir l'air de désirer la ravissante blonde...

— Mettez-y un peu plus de cœur, bon sang ! rugit Helmbacher en brandissant son Canon A-1 à bout de bras. Lorenzo, sois gentil, je sais bien que ça sort de ta spécialité habituelle, mais fais un effort !

Lorenzo, l'un des « acteurs » du chef-d'œuvre d'Helmbacher, tourna vers le photographe un visage très brun orné d'une fine moustache.

— Je ne savais pas que c'était un rôle de composition, protesta-t-il.

— Ta gueule, grogna Helmbacher en déposant à terre son Canon et en saisissant un Mamiya à objectif grand angulaire. On reprend. Tu essaies de lui arracher son slip. Elle lutte. L'étoffe se déchire.

Sans conviction, Lorenzo se réattaqua au minuscule bout d'étoffe qui protégeait l'intimité de la blonde. Celle-ci fit semblant de se débattre. Finalement, le slip craqua et un buisson de boucles presque transparentes jaillit, sous lesquelles on apercevait très nettement la naissance de la fente du sexe, ses lèvres roses généreusement gonflées et montant très haut.

Au fond de la salle, la réceptionniste enveloppa Corentin du regard.

— Vous avez de la chance aujourd'hui, soupira-t-elle. D'habitude, le spectacle est beaucoup moins « normal ». Rien que des mecs en train de se faire des trucs. Si encore c'était des vrais mecs...

Elle se rapprocha.

— Vous voyez ce que je veux dire ?

Il lui rendit son regard en souriant.

— Je crois. Mais pensez-vous que l'endroit soit vraiment bien choisi pour...

Elle le saisit par la main.

— Justement. On est dans un temple pédé malgré les apparences... Une Mecque homo. C'est du sacrilège, en somme...

Elle le tirait légèrement vers une petite porte de fer.

— Et c'est ça qui m'excite. J'en rêve depuis huit jours, figurez-vous.

Elle montra Rabert, absorbé par le spectacle du prétendu « viol » sur le podium.

— De toute façon, votre collègue reste sur place, non ? Et puis ils ne risquent pas de s'envoler, croyez-moi. Ils en ont pour la journée... Et ne me dites pas que vous êtes comme eux, j'en ferais une dépression nerveuse !

***

La réceptionniste du studio d'Helmbacher avait effectivement des dispositions pour le sacrilège hétéro. Elle avait à peine refermé la petite porte de fer qu'elle se baissait et arrachait sa culotte. Puis, jupe de cuir retroussée, elle revint vers Corentin qu'elle avait fait asseoir dans un fauteuil et l'enfourcha avec dans les yeux énormément de retard d'affection à combler...

— Viole-moi, haleta-t-elle. Baise-moi. Vite.

Ils étaient dans une petite pièce aux murs de ciment brut. Sans doute le local où se changeaient les « acteurs » et les « modèles » d'Helmbacher.

Elle commença à onduler du bassin au-dessus de lui, jambes écartées sur les accoudoirs du fauteuil. D'une main passée entre ses cuisses, elle le chercha, l'aidant à s'extraire du pantalon.

— Nom de Dieu, roucoula-t-elle en essayant de l'empoigner de sa minuscule main très fine aux doigts longs et minces. Tu es un vrai mec, toi alors !

— Il y en a encore quelques-uns, reconnut Corentin, modeste.

Elle s'accrocha à ses épaules tandis qu'il commençait à s'enfoncer en elle.

— Je ne connais même pas ton prénom, fit-il à voix basse.

— Pauline, répondit-elle d'une voix hachée, les yeux déjà presque révulsés, nuque cassée en arrière.

Puis elle ne fut plus qu'une croupe allant comme une furie à la rencontre du bassin de son partenaire qui la percutait avec une sauvagerie délicieuse.

***

— Hé, fit brusquement David Mordkind en rebroussant ses cheveux trop oxygénés. On ne prend pas la voiture ?

Les deux yeux très rapprochés de Léo virèrent lentement vers le tueur blond. Inexpressifs.

— Ça va pas ! gueula David qui commençait à réaliser qu'il y avait eu un quiproquo dans l'organisation du programme. Où on va ?

La main gauche de Léo se posa sur le joli visage du jeune homme qu'elle recouvrit entièrement, obstruant tous les orifices par lesquels il respirait. Lorsqu'elle se relâcha, l'autre mit une minute à retrouver son souffle. Suffoquant également de la sueur puante dont Léo l'avait barbouillé en lui écrasant la figure de sa paume.

— Ecoute, commença-t-il à s'affoler. Si tu veux de l'argent, j'en ai. Tout est à la banque. Plusieurs comptes. On peut s'entendre, Léo...

Il parlait à un mur et il le savait. C'était vrai qu'il avait plusieurs comptes. Ce qu'il ne disait pas, c'est qu'ils étaient tous bloqués. Sage précaution contre les tentations. Il avait toujours été d'une prudence et d'une avarice maladives, n'arrêtant pas de se répéter qu'un vieux pédé riche c'est mieux qu'un vieux pédé pauvre. Et que pour le métier de tueur, il n'existe aucune caisse de retraite...

Les bâtiments des écuries, au bout d'une cour sablonneuse, s'étendaient sous le soleil déclinant. Léo poussa le jeune homme qui trébucha, se redressa, se cabra encore.

— Non ! hurla-t-il. Qu'est-ce que j'ai fait ? Par pitié !

Le gorille l'attrapa par l'aisselle et le tira en avant. C'est presque soulevé du sol, la pointe de ses mocassins râclant le sable, que David fit les derniers mètres. Du pied, Léo poussa la porte de l'écurie et la referma sur eux.

Dans la demi-obscurité, les selles luisaient aux murs. David aspira l'odeur lourde de paille et de graisse de sellerie. Un des chevaux, un alezan brûlé, râclait doucement le sol de sa stalle d'un coup de sabot régulier.

« C'est trop con », songea David qui venait d'être jeté à terre par la brute.

Doucement, sa main avait attrapé une petite boîte métallique dans la poche droite de sa veste à paddings (c'est-à-dire très épaulée) de couleur crème. La boîte qui contenait le *roll'in* piégé, son yoyo fétiche à lames de rasoir. Doigts tremblants, il ouvrit la boîte au fond de sa poche, s'écorcha l'index contre un tranchant, saisit la ficelle du yoyo et, muscles tendus, jaillit vers le mastodonte.

L'autre le vit arriver sans d'abord comprendre. L'éclair des lames du *roll'in* scintilla dans sa direction en tournoyant. Il détendit le bras et bloqua le yoyo meurtrier dans sa paume tandis qu'un sourire bestial rebroussait les deux bourrelets caoutchouteux qui lui servaient de lèvres.

« Je vais mourir », pensa David Mordkind, livide.

Dans la paume de l'armoire à glace, le yoyo piégé n'était plus qu'un gadget dérisoire qui n'avait même pas l'air d'entamer le cuir tanné de ses mains. Son poing se détendit à nouveau et le *roll'in* dessina une longue balafre rouge sur le torse du jeune homme, tranchant au passage une partie de sa veste et de sa chemise. Il hurla, sa bouche se tordit. Il se dit qu'il allait s'évanouir.

Savourant la situation, Léo se dandinait à nouveau dans un lent mouvement de pachyderme.

— Je te donnerai tout ce que tu veux ! supplia encore David. On peut gagner énormément de fric ensemble. Je connais tous les pédés d'Europe. Des types très importants qui tiennent à leur réputation. On peut les faire chanter. Toi, tu les menaceras, et...

Le coup de pied qu'il reçut dans les testicules l'envoya à terre, joues et front bleuis. Un autre coup de pied le retourna. Un troisième le jeta sur le sol à plat ventre.

« Je vais crever, je suis un con, je n'ai rien compris », songea le dernier amant et assassin de Serge Bréval.

Ses oreilles bourdonnaient, son cœur commençait à s'emballer. Il se dit qu'il aurait peut-être la chance de claquer de lui-même avant qu'on ne le tue. Crise cardiaque. Ne plus rien voir, ne plus souffrir... La paix de l'éternité.

Deux chevaux soufflaient doucement sur sa droite.

— Je ne me verrai pas vieillir, se dit-il.

Une puanteur musquée s'abattit sur lui, en même temps qu'une tonne de muscles.

***

Léo Bourgadier soupira, en entendant les gargouillis étranglés qu'émettait David Mordkind revenant lentement à lui. Pour constater qu'il était à présent solidement ficelé, poignets derrière le dos, et assis sur un vieux banc de bois mal équarri.

Avec des gestes lents et précis, Léo gâchait du ciment dans une bassine. Aussi méthodique que lorsqu'il préparait des cocktails pour les clients de Madame Maud.

Défiguré, visage raviné par l'horreur, le jeune Allemand blond tremblota du menton convulsivement. Incapable de parler. Il avait l'impression que son corps n'était plus qu'une plaie douloureuse. Seul son esprit fonctionnait encore. Assez, du moins, pour lui permettre de comprendre ce que Léo préparait.

Un quart d'heure plus tard, les deux pieds enfoncés dans la bassine de ciment à prise rapide, David Mordkind, yeux écarquillés d'horreur, fixait le bloc de pierre grise où il disparaissait jusqu'aux chevilles.

Ignorant la supplication du regard de sa victime, Léo le chargea d'une poussée sur son épaule, avec le socle qui l'alourdissait.

Il avait encore du boulot. Sa journée n'était pas finie.

***

Sur la route, il dut quand même s'arrêter pour étrangler David Mordkind qui avait repris un peu de poil de la bête et s'était mis à hurler. L'homme qui avait liquidé Serge Bréval et raté Jacques Lecourt mourut donc avec une bonne heure d'avance sur le moment fixé par son bourreau.

Le barman de Madame Maud eut son plaisir gâché une seconde fois lorsqu'il voulut balancer le cadavre de David au fond des étangs de Saint-Quentin, un coin poétique et ombragé à peu près à mi-chemin entre Trappes et Saint-Cyr-l'Ecole.

Il avait traîné David sur la berge, toujours « chaussé » de son lourd sabot de ciment. Il eut soif et revint vers l'Estafette où se trouvaient plusieurs bouteilles de bière écossaise emportée pour le voyage. La seule bière qu'il tolérait à la rigueur.

Quand il revint là où il avait laissé le cadavre du tueur homosexuel, malgré la pénombre grandissante sous les marronniers, il aperçut très distinctement deux silhouettes qui, couchées dans l'herbe, ahanaient l'une contre l'autre avec un enthousiasme incontestable. Son cœur se serra et il comprit que, de toute façon, la journée allait mal se terminer pour lui.

Le couple en train de faire l'amour était de ceux

qui apprécient les joies simples. C'est-à-dire qu'il s'agissait d'une fille et d'un garçon. A un moment, la fille, en éclatant de rire, roula sous le garçon et le recouvrit presque de sa jupe à grandes fleurs rouges. Il riposta en roulant à nouveau sur elle. Tous deux riaient très fort.

Une crampe d'angoisse serra chaque vertèbre de Léo Bourgadier.

Là-bas, sur la berge, la fille avait brusquement cessé de rire. Elle hurlait en montrant à son ami quelque chose qu'ils n'avaient pas vu, tout à l'heure, en s'abattant là pour s'étreindre avec l'ardeur de la jeunesse et de la découverte.

Les petits yeux de Léo se rapprochèrent encore. Bien sûr, il aurait pu décider de les étrangler, eux aussi, la nuque frêle de chacun dans une de ses mains énormes. Mais qu'est-ce que dirait Madame Maud, sa patronne ? Elle ne lui avait pas donné d'ordres pour tuer des inconnus en train de faire l'amour sur le bord d'un étang des Yvelines.

Et, sans ordres, il était comme un soldat paumé en plein Sahara, privé d'uniforme, d'armes, de vivres et de boussole.

CHAPITRE XVI

L'inspecteur Rabert tourna vers l'inspecteur divisionnaire Boris Corentin un visage aussi congestionné qu'estomaqué.

— Qu'est-ce que tu fichais ? grogna-t-il dans l'ombre. Ça fait une heure que je t'attends pour intervenir.

— Une heure, n'exagérons pas, murmura Boris derrière qui Pauline, la blonde réceptionniste du studio photo-vidéo *Men only* du Quai de la Loire, pointait un visage légèrement chiffonné par des ébats tout récents et néanmoins clandestins.

— N'empêche que tu as raté le plus beau, reprit Rabert négligeant d'en savoir plus.

Sur la scène inondée de lumière, c'était encore pas mal. Les deux « violeurs » d'Isabelita la bloquaient par terre, essayant de s'introduire entre ses jambes. Tournant autour du groupe, Helmbacher faisait cliqueter son Mamiya.

— Ça va bien, grogna Corentin au fond du studio. On y va.

Il fit quelques pas en direction de la scène.

— Police, jeta-t-il. Helmbacher, on a des questions à vous poser.

Sur le podium, il y eut un début de désarticulation générale. Le photographe avait laissé tomber son appareil. Il fit deux pas en direction de l'endroit d'où avait jailli la voix.

— Tiré en plein vol ! constata Pauline, la réceptionniste, au comble du ravissement.

Il se passait enfin quelque chose et elle avait beaucoup de mal à s'empêcher d'applaudir.

*
**

Etienne Helmbacher essayait désespérément de récupérer.

— Qu'est-ce qui se passe ? se cabra-t-il. Je suis un artiste, merde !

Depuis quelque temps, il expérimentait de nouvelles techniques de photos à infrarouge. La thermographie, on appelle ça. L'émulsion couleur enregistre le rayonnement du corps du sujet à photographier. Les radiations plus ou moins chaudes des différents points du corps composant un spectre lumière visible. Il préparait même une exposition. Rien que des sexes masculins pour la plupart en érection filmés dans l'infrarouge moyen (au-delà de 1 micron de longueur d'onde). Ça composait d'étranges tableaux presque abstraits où les membres virils se dressaient sur fond noir, barbouillés de couleurs violentes, rouges, vertes ou bleues, frangées d'irisations tremblantes. Quelques prises de vues étaient punaisées sur les murs.

— On a juste quelques questions à vous poser, soupira Corentin. Ça n'a rien à voir avec vos œuvres artistiques, tranquillisez-vous.

Il désignait du menton le podium où la blonde et les deux « acteurs » s'étaient figés, l'air inquiet.

— Ça à voir avec quoi alors ? chevrota Helmbacher.

— Avec pas mal de choses, éructa Rabert. Le Bois de Boulogne, par exemple. Où vous mettez votre génie de photographe au service de petits chantages pas reluisants. Clic-clac, merci Kodak, hein ? Avec l'aide de mômes qui sont encores mineurs, comme Alain Blanchet... « Malik », c'est bien toi, non ?

Les auréoles de sueur sur le tee-shirt du photographe gagnaient du terrain.

— Inconnu au bataillon, répondit-il enfin, franc comme un âne qui recule.

Il sortit un mouchoir de sa poche et s'épongea le front et le cou. Puis, glissant le mouchoir sous son tee-shirt, entreprit de sécher la sueur qui luisait à la naissance de sa poitrine grasse. Corentin était en train de se demander si cette toilette répugnante allait durer encore longtemps lorsque la main du photographe, remontant du tee-shirt avec le mouchoir, en fit jaillir une chaînette dorée. Terminée par une amulette.

Une « main de Fatma ».

Boris essaya de maîtriser les battements de son pouls.

— « Steve » ! jeta-t-il en regardant le gros homme fixement. C'est toi ?

L'autre eut l'air d'avoir été cueilli d'un coup de poing au menton. Sonné. Sous sa joue droite, un muscle commença à tressaillir convulsivement.

***

— Désolé, murmura Corentin, mais on est obligés de vous embarquer.

Etienne Helmbacher baissa la tête. Sonné. Il avait tenu bon pendant presque une heure. Niant tout. Discutant pied à pied. Une « main de Fatma », il n'était pas seul à Paris à en porter une autour du cou, au bout d'une chaîne. Le genre d'amulettes pour touristes qu'on trouvait n'importe où entre Barbès et Clichy, aux étalages des marchands à la sauvette... Les chantages photographiques au Bois de Boulogne, ça ne lui disait rien non plus. Quant à ce Damien Vernal qu'il était censé avoir connu dans un sauna, c'était la première fois qu'il entendait son nom...

Corentin et Rabert avaient dû le travailler avec beaucoup de patience avant qu'il ne commence à craquer. Et encore. Pas d'un seul coup. Par petits bouts d'aveux arrachés aux forceps. « Malik », c'était bien lui. « Steve » aussi, son nom de guerre au sauna où il avait rencontré Damien. D'ailleurs, dans tout ça, où était le crime ? On n'inculpe plus les hommes pour leurs penchants particuliers. Quant aux chantages photographiques du Bois de Boulogne, ça n'avait pas donné grand-chose, on pouvait le croire sur parole. De nos jours, même les pères de famille nombreuse préféraient voir divulguer leurs écarts passagers et clandestins que de céder au chantage. Il n'y a plus aucune morale...

C'est alors que Pauline, la réceptionniste du studio, avait attiré Corentin à l'écart.

— Je me mêle peut-être de ce qui ne me regarde pas, mais il y a quelques jours mon patron hébergeait un drôle de type. Un grand, très blond, avec des yeux bleus qui me faisaient un peu peur parfois... J'ai surpris une engueulade entre eux. Le blond voulait sortir et Helmbacher le lui interdisait. J'ai cru qu'il s'agissait d'une scène de ménage. Et puis j'ai compris que c'était probablement plus grave que ça...

Corentin était revenu vers le photographe, bouillant sous des apparences de calme absolu. Dès qu'il avait posé une question sur cet inconnu blond aux yeux bleus, l'autre s'était décomposé.

— Vous savez ça ? émit-il d'une petite voix étranglée.

Il avait fermé les yeux.

— Et puis merde, avait-il enfin laisser tomber. Après tout ce n'est pas moi le plus coupable dans toute l'affaire !

Boris lui avait posé la main sur l'épaule.

— On sera mieux pour discuter au Quai des Orfèvres. Venez.

Sur le pas de la porte, l'inspecteur divisionnaire Corentin se retourna vers Pauline, la réceptionniste.

— Tu nous as fait gagner pas mal de temps, tu sais ? murmura-t-il.

Elle s'appuya contre lui et il sentit sur son bras le poids d'un jeune sein gonflé, pointe dardée sous le chemisier.

— Remercie-moi en me donnant ton adresse et ton téléphone, souffla-t-elle. J'aimerais pas que ce ne soit qu'une brève rencontre...

***

Dans la R 14, Rabert couvait du regard le photographe assis à côté de lui à l'arrière. Boris s'était installé devant, au volant. Dans le rétroviseur, il constata que Rabert avait finalement trouvé plus gros que lui. Helmbacher était d'un gabarit encore plus impressionnant que le policier déjà bien enveloppé des Affaires Recommandées...

— Ecoutez, fit précipitamment le photographe tandis que Corentin tournait la clé de contact, moi je trouvais que tout ça c'était des conneries. N'allez pas croire...

Un éclair de chaleur stria le ciel plombé. Il ne faisait pas encore tout à fait nuit. Une lumière entre chien et loup pesait sur les eaux décolorées du bassin de la Villette. Quelques voitures passèrent en trombe sur le quai de la Loire, le long de la R 14. Dans la voiture, la chaleur était étouffante.

— Ne vous occupez pas de ce qu'on croit, fit Corentin en se retournant.

Rabert continuait à couver du regard le photographe avec l'air d'un pêcheur à la ligne qui vient de trouver un saumon de deux mètres au bout de son fil alors qu'il était parti pour taquiner les gardons. Après tout, à l'origine, Helmbacher était un « client » à lui, pas à Boris...

— Elle s'est servie de moi, reprit l'obèse en haletant. Elle a réveillé de vieux souvenirs, un vieux rêve de vengeance... Quand on était tous les deux au Service photographique, en Algérie... Moi j'avais presque oublié. Et puis petit à petit je me suis retrouvé mouillé jusqu'au cou...

— Minute, souffla Corentin. Vous nous redites ça dans l'ordre, vous voulez bien ?

— Bréval, Serge Bréval, lâcha Helmbacher d'une voix sourde. On faisait ensemble notre service militaire, pendant la guerre d'Algérie. Un jour, on est tombés dans une embuscade, sur une plage dans l'Oranais. Quatre copains ont été tués. Moi j'ai été blessé. Bréval aurait peut-être pu nous sauver, il était resté en arrière, dans la jeep, et il avait des armes... Quand il a vu ce qui se passait, il a paniqué et il s'est enfui. Par la suite, il a prétendu qu'il était allé chercher du secours. Mais c'était faux, je le sais ! Moi j'ai été fait prisonnier. Deux ans de captivité près de la frontière tunisienne. Jusqu'à l'indépendance... A cause de lui ! A cause de Serge...

Corentin carburait, neurones fonctionnant en accéléré. Qu'est-ce que tout cela signifiait ? Quel rapport cette histoire vieille de plus de vingt ans avait-elle avec la mort du P-DG de Ravel-Garonne ?

— Je suis tombé dans un piège ! cria presque Helmbacher. Elle s'est servie de mon désir de vengeance pour monter son crime...

Un motard gainé de cuir noir et la tête couverte d'un casque intégral passa lentement sur le quai désert, le long de la voiture et s'éloigna.

— Qui ? jeta Corentin. Qui, « elle » ?

Un bruit de moto qui démarrait à deux cents mètres en arrière, déchira le silence relatif du quartier :

— Maud, lâcha Helmbacher repris par son tic nerveux à la joue.

— Maud qui ? demanda Corentin.

Le moteur hurlant de la moto se rapprochait.

— Tout ce qui s'est passé, c'est elle, fit le photographe qui suivait son idée, comme halluciné. Dans sa maison... A Saint...

Curieusement la moto, en se rapprochant ralentissait, moteur grondant. Corentin vira sur la banquette, identifiant au vol la marque de l'engin, une grosse Yamaha noire flambant neuf.

— Il commence à nous embêter, murmura-t-il.

Il vit la main gantée du motard se tendre dans la direction de la vitre latérale arrière de la R 14. Une fraction de seconde trop tard, il réalisa que cette main était prolongée par un Colt Government calibre 45.

La moto avait presque stoppé.

— Par terre ! hurla Corentin.

Le Colt Government aboya.

Rabert s'était aplati contre la banquette à l'instant où la vitre volait en éclats.

Ce fut comme si la tête d'Helmbacher se dévissait et pirouettait sur elle-même. Le Colt s'était vidé dans son oreille gauche. Des bouts de cervelle jaillirent au milieu de courtes gerbes de sang.

Déjà la Yamaha, roue avant arrachée de la chaussée, rugissait en bondissant.

L'artillerie de Corentin arriva au bout de ses deux mains jointes sans même qu'il ait réfléchi. Ses réflexes avaient décidé à sa place. Son RMR Spécial Police toussa désespérément en direction du tueur casqué. Les balles de 357 Magnum voltigèrent autour du casque intégral. Plusieurs vitres de voitures en stationnement volèrent sous les impacts.

La Yamaha avait disparu dans la nuit tombante.

Rabert sortit de la R 14 à son tour. Bajoues verdâtres. Et son costume de toile gris aspergé de sang.

— Moi ça va, prévint-il Corentin qui blêmissait en le voyant. C'est lui qui ne va pas du tout.

Il montrait la banquette arrière.

La tête du photographe y était transformée en viande de boucherie.

CHAPITRE XVII

Maud O'Casey avait horreur de mettre elle-même la main à la pâte. Si elle l'avait fait, c'est que Léo ne pouvait pas être en même temps à Paris et quelque part dans les Yvelines en train de balancer au fond d'un étang le corps d'un tueur incapable et désobéissant.

Maintenant le grand nettoyage par le vide urgeait.

D'abord Helmbacher. Elle était à peu près sûre de ne pas l'avoir loupé. La seule chose qu'elle ignorait, c'était si elle était arrivée à temps ou si l'ordure avait eu le temps de parler.

David Mordkind et Helmbacher supprimés, plus personne à part elle n'était en mesure de pénétrer les dédales compliqués du « coup » fumant qu'elle avait amoureusement peaufiné.

Le détournement d'une partie de la fortune de Bréval.

Un plan à long terme dont la condition première de réussite était la mort de Serge, le mari d'Emma.

Un projet raffiné qu'elle avait soigneusement mis au point, pendant des mois et des mois.

Il avait fallu qu'elle ruse longuement, patiemment, pour endormir les dernières méfiances de la veuve de Bréval. Une entreprise largement facilitée par les sentiments qu'Emma éprouvait pour Maud depuis l'époque où, militantes féministes, Emma était tombée éperdument amoureuse de son amie. Depuis, la pauvre folle perdait la tête à chaque fois qu'elle la voyait et ne pensait plus à rien d'autre qu'à ronronner comme une chatte en chaleur. Même le projet longuement mûri de l'assassinat de Serge, elle l'avait recueilli avec une absence assez remarquable d' « états d'âme ».

L'encerclement de Bréval, avait demandé une autre stratégie. Puisque la mort du P-DG devait avoir l'air accidentelle, il fallait qu'elle s'inscrive dans sa vie quotidienne qui était pratiquement inconnue de tous. Elle devait donc en savoir à peu près aussi long sur Bréval que Bréval lui-même. Pour y parvenir, il fallait pénétrer dans son intimité dont même Emma ignorait presque tout. L'opération s'était faite en deux temps. Obliquement et directement.

Directement à travers David devenu l'amant du P-DG de Ravel-Garonne. Obliquement par Helmbacher devenu l'amant de Damien Vernal, son valet de chambre. Un valet de chambre très spécial qui était à peu près la seule personne au monde pour laquelle Bréval n'avait pratiquement pas de secrets.

Madame Maud n'avait pas en vain, dans sa villa où ils venaient assouvir leurs instincts les plus cachés, observé pendant des années le comportement d'hommes dont la façade sociale semblait inattaquable. Tout être humain est achetable. Il suffit de savoir comment et à quel prix. Quand il s'agit d'argent, c'est plus simple et plus rapide. David Mordkind avait finalement été beaucoup plus facile à convaincre qu'Helmbacher, dont il avait fallu qu'elle réveille et réchauffe un vieux désir de vengeance contre Bréval que le photographe avait refoulé depuis longtemps. Elle y était tout de même parvenue. Mais elle avait continué à se méfier du photographe dont elle se disait qu'il craquerait au premier coup dur.

En l'abattant, tout à l'heure, elle avait pris une assurance contre ce risque. Evidemment, ça faisait de nouveaux dégâts. Mais est-ce qu'elle pouvait s'arrêter, maintenant ? Est-ce qu'elle pouvait renoncer ?

A la sortie de Rueil-Malmaison, elle hésita à un carrefour dosant la poignée droite de sa Yamaha. Par prudence, elle décida de regagner Saint-Germain-en-Laye par les zigzags des départementales désertes.

Elle avait hâte d'être rentrée. Maintenant, c'était à Léo de jouer. Il était sûrement revenu de son expédition, à l'heure qu'il était.

Il y avait, dans un hôpital de Paris, un homme d'une cinquantaine d'années, un professeur aux Langues Orientales qui avait grand besoin de ce repos dont David et Helmbacher jouissaient désormais pour l'éternité.

Collée au dosseret de selle, elle accéléra tandis que l'aiguille du compte-tours bondissait par saccades régulières.

***

Remaquillée, parfumée, vêtue d'une longue robe noire savamment décolletée dans le dos, collier et bracelet en cuir clouté, Madame Maud survola d'un regard de souveraine l'enfilade des trois salons de la villa *Amphitrite* où quelques messieurs sirotaient avec des petits rires étouffés du champagne ou du whisky en résistant aux poussées d'adrénaline que leur procuraient les silhouettes ondulantes des jeunes éphèbes qu'elle appelait ses « étalons ». Faire durer le désir, c'est le premier secret du plaisir...

Parfaitement maîtresse d'elle-même, elle salua

quelques-uns de ses « amis », distribuant ici ou là quelques mots aimables.

Elle avait un regard aux rayons X, Madame Maud. Des yeux et une mémoire qui traversaient les apparences. Ici, dans les trois salons, il y avait des hommes connus, riches, célèbres quelquefois. Pour tout le monde, ils avaient un nom, une fonction sociale, une situation de famille officielle.

Pour elle, ils avaient presque tous quelque chose de plus. Un ou plusieurs secrets. Quelques cadavres dans le placard. Dûment désenfouis et engrangés par Madame Maud. Et qu'elle ressortirait le jour voulu, plus tard, quand l'affaire Bréval serait définitivement étouffée.

Ce chorégraphe célèbre, ce directeur de chaîne de télévision, cet ancien champion de tennis, cet avocat renommé également conseiller général et maire d'une des grandes villes de France, ce réalisateur de cinéma, idole de plusieurs générations, tous avaient un passé. Plus ou moins lourd, plus ou moins honteux. Ça allait d'une condamnation ancienne pour chèques sans provision, à des affaires plus graves, parfois sanglantes. Un jour, elle leur vendrait très cher son silence sur tout ça. Une réputation sauvée, ça n'a pas de prix. Et une réputation, quelquefois, ça tient à presque rien.

Elle s'arracha au bavardage d'un cancérologue en smoking blanc qui caressait doucement la cuisse d'un garçon de 17 ans en jean et mocassins, pour se diriger vers le bar.

Il n'y avait plus une minute à perdre.

Léo, le barman herculéen au crâne rasé, la regardait venir avec des yeux de doberman qui se métamorphose en mouton à l'approche de son maître.

***

Le comique en moins, Léo s'exprimait un peu comme Harpo Marx, le muet du trio des frères Marx, quand il veut essayer par geste de faire comprendre aux deux autres qu'une catastrophe planétaire vient d'arriver. La catastrophe, c'était le cadavre de David Mordkind abandonné sur une berge d'étang, là-bas, pas très loin de Saint-Cyr-l'Ecole.

Mais Maud O'Casey n'était pas douée pour ce genre de langage. Et surtout, elle était pressée. Pour elle, David c'était déjà de l'histoire ancienne. Elle coupa court aux explications muettes de Léo et lui fit signe de la suivre.

Il comprit que sa nuit n'était pas terminée et il se dit qu'il fallait, cette fois, qu'il se montre à la hauteur. Une autre voix intérieure lui soufflait en même temps que ce qui allait se passer maintenant, de toute façon, relevait du baroud d'honneur. Pour la gloire, la beauté du geste.

Il avait de bonnes raisons, lui, de ne plus se faire beaucoup d'illusions.

*
**

Il en aurait eu encore davantage s'il avait pu voir, au même instant, la main d'un brigadier de gendarmerie qui, à Saint-Cyr-l'Ecole, décrochait le téléphone et pianotait un numéro à Paris. Celui du quai des Orfèvres.

Par-delà les vitres de la gendarmerie, un éclair de chaleur illumina le ciel noir.

— Cet orage qui n'éclate pas, songea le brigadier Choupot, c'est vraiment l'enfer.

Le bureau n'était pas climatisé. Un ventilateur brassait de la poussière, de la moiteur et des odeurs de tabac froid. La sonnerie électronique hoqueta longuement dans le vide.

— Tant pis si je fais fausse route, pensa encore

Choupot, mais à mon avis ça relève directement de leurs compétences. Le cadavre d'un type vraisemblablement homosexuel qu'on abandonne en bordure des étangs de Saint-Quentin, étranglé, les pieds dans du ciment à prise rapide, c'est trop spécial pour nous, ça !

Il y avait un inspecteur à la Brigade Mondaine dont il avait eu l'occasion de faire la connaissance, autrefois, dans un autre département, avant sa mutation ici dans les Yvelines. Ça se passait en Camargue (1) et le policier en question lui avait fait une sacrée impression.

Depuis, son nom lui était resté gravé dans la mémoire.

Il s'appelait Boris Corentin.

*
**

Maud O'Casey laissa retomber le combiné téléphonique sur sa fourche en bakélite et se renversa en arrière sur son grand lit couvert de soie rose, cheveux roux déployés comme une immense crinière de méduse.

« J'arrive, avait dit immédiatement cette idiote.

L'idiote, c'était Emma Bréval. Elle ne se l'était pas fait dire deux fois quand Maud lui avait demandé de rappliquer chez elle d'urgence. Ça faisait une éternité qu'Emma suppliait, au téléphone, et que Maud la repoussait. Par prudence, prétendait-elle.

Ce jeûne forcé allait prendre fin. Emma voulait la voir et elle ne serait pas déçue.

Un peu de sueur luisait sur le front légèrement bombé de Madame Maud. Elle ricana sourdement, balançant dans le vide au bout de ses longs doigts

(1) Voir BM. 38 : *La Marque du Taureau.*

la liasse de documents qu'elle avait préparés pour Emma.

L'état complet de la fortune des Bréval.

La liste des sociétés lui appartenant ou contrôlées par lui. Parts dans les banques, des usines, des entreprises diverses.

Le projet de Maud était simple comme deux et deux font quatre.

Emma allait lui en céder une partie à elle, Maud. D'abord dix pour cent. Pour commencer. Ça prendrait un certain temps. Autant entamer les démarches dès maintenant. Elles devaient se dérouler avec le maximum de discrétion.

Et si par hasard Emma Bréval hésitait, il serait toujours temps de lui faire écouter certaines conversations enregistrées deux mois auparavant, où la future veuve du P-DG assassiné applaudissait avec autant de cynisme que d'inconscience au piège dans lequel son mari était sur le point de tomber.

D'en bas, montait une longue plainte passionnée. La voix admirable de la Callas. Le disque choisi par David cet après-midi était resté sur la platine...

C'était un peu comme un *requiem* à sa mémoire.

Maud se retourna sur le lit et sonna.

Mireille, sa femme de chambre, surgit presque aussitôt devant elle.

— Déshabille-moi, ordonna Madame Maud.

Mireille s'agenouilla à ses pieds, les yeux brillants.

⁂

Mâchoires serrées, sourcils froncés et rapprochés au-dessus d'yeux fixes, Boris Corentin repoussa la tasse de café plantée au milieu du bureau, parmi les dossiers, dans le local des Affaires Recommandées au deuxième étage du Quai des Orfèvres.

— Qu'est-ce qu'il fout ? Mais qu'est-ce qu'il fout ? répéta-t-il plusieurs fois.

Il se sentait las. Il était tard et sa barbe recommençait à bleuir légèrement son menton.

Il redécrocha et recomposa le numéro.

Toujours personne chez Aimé Brichot, dans son F4 du Kremlin-Bicêtre. Son coéquipier chauve et myope découchait en profitant de son état de célibataire provisoire pour courir la gueuse...

Et pendant ce temps-là, les cadavres s'accumulaient.

D'abord Helmbacher abattu sous son nez, tout à l'heure, par un tueur motocycliste qui avait réussi à passer entre les projectiles 357 Magnum dont il l'avait arrosé.

Ensuite cet inconnu découvert sur la rive d'un étang des Yvelines, abandonné probablement juste avant de faire le grand plongeon dont on ne remonte pas. On venait de lui téléphoner à ce sujet, de la gendarmerie de Saint-Cyr-l'Ecole. Un brigadier zélé qui se souvenait de lui en Camargue, il y avait déjà quelques années. Et qui le prévenait à tout hasard.

Corentin but une gorgée de café tiède et fit la grimace. Un inconnu blond « chaussé » de ciment à prise rapide et vraisemblablement étranglé au préalable... Pas de papiers d'identité bien entendu.

Le détail troublant, c'était le tatouage sur l'épaule du mort. Le brigadier Choupot avait été précis dans sa description. Deux triangles superposés. Une pointe en haut, l'autre pointe en bas. Une étoile stylisée, quoi.

Pensivement, Corentin griffonna les deux triangles superposés sur une feuille de papier. Pour mieux se rendre compte.

Ça faisait une étoile de David, tout simplement.

Il se leva, blême.

— David ! Une étoile de David !

Sans se dire qu'on lui aurait probablement passé

une camisole de force si on l'avait vu monologuer et s'agiter comme ça tout seul, il gicla sur le palier du second étage.

Dans son cerveau, un surgénérateur venait de prendre la place de sa matière grise. Et de lui fournir en accéléré un raisonnement affolant.

Si le mort des berges de l'étang de Saint-Quentin était bien le fameux David dont Corentin avait entendu pour la première fois prononcer le nom par Rose, la bonne des Bréval, ça signifiait tout simplement qu'*on* supprimait l'un après l'autre les acteurs ou les témoins du meurtre du P-DG. Tous ceux qui savaient quelque chose. Helmbacher d'abord. Abattu avant d'avoir pu parler. David ensuite, ce David sur lequel il faudrait bien mettre un nom quand le moment serait venu...

Mais pour l'instant, le moment était surtout venu de foncer. En direction d'un hôpital parisien où dormait probablement à l'heure qu'il était un autre « empalé », rescapé par miracle...

Dont tout disait à Corentin qu'il pourrait bien être la nouvelle victime de l'affaire...

Dix minutes plus tard, il conduisait pied au plancher à en traverser la tôle de la R 14 qui frémissait dans les virages.

Tant pis pour Brichot. Il ne savait pas ce qu'il perdait !

CHAPITRE XVIII

Léo Bourgadier n'avait jamais travaillé dans la dentelle, mais là, il se surpassait, il fallait le reconnaître.

Le barman de Maud O'Casey n'avait pourtant cogné qu'une seule fois sur le crâne du gardien de nuit de l'hôpital Saint-Joseph, dans sa casemate vitrée, rue Pierre-Larousse. Ça avait produit néanmoins un craquement bizarre, le contraire du naturel. Les globes oculaires du gardien de nuit étaient partis à la renverse très loin sous les paupières et le pauvre type s'était affalé sur le lino vert d'un seul bloc. Un filet de sang s'échappait d'une oreille avec une abominable lenteur.

« C'est pas vrai ! avait vaguement pensé le gorille chauve en se penchant. Il le fait exprès... »

Ensuite, Léo avait ouvert la grille de l'hôpital et y avait engouffré l'Estafette. Dans la nuit, les pavillons étaient silencieux. Quelques fenêtres luisaient ici ou là.

Il mit dix minutes à trouver le pavillon que lui avait indiqué sa patronne. Il stoppa l'Estafette au pied de l'escalier et gravit les marches. Se remémorant le numéro de la chambre où dormait celui qu'il devait abattre... Pour cela, Madame Maud lui avait confié un 7,65 Browning à silencieux. Un CZ

Model 27, un pistolet tchèque qui boursouflait la poche droite de sa veste grise en synthétique...

De temps en temps il grimaçait. Depuis quelques heures, il avait de vagues nausées et une perpétuelle envie de vomir. Ça l'avait pris là-bas, près des étangs de Saint-Quentin, quand il avait raté la partie la plus importante de son « contrat », avec David.

*
**

L'idée qui grignotait la cervelle d'Aimé Brichot depuis des heures avait fini par faire son chemin. La seule chose qui l'ennuyait, c'est qu'il n'avait pas pu joindre Boris pour lui en faire part.

Ça avait commencé à le tarauder juste après être sorti de chez Madame Bréval, avenue Charles-Floquet. Vieux réflexe psychologique classique : pour essayer de refouler la culpabilité qui le harcelait de s'être laissé aller à succomber à la tentation entre les bras de la veuve du P-DG assassiné, il s'était mis à carburer sec sur l'affaire.

Au bout de deux heures, il avait compris ce qui l'asticotait : ça concernait les aquarelles qu'il avait piétinées par maladresse dans la chambre d'Emma. Plusieurs d'entre elles représentaient une femme assise en plein air au milieu des herbes.

Emma, au fond, avait beaucoup de talent comme portraitiste. Parce que cette femme, Brichot avait fini par s'apercevoir qu'il l'avait déjà vue quelque part.

Dans le dossier Bréval cent et cent fois repris et feuilleté. Sur les photos de manifestations féministes des années 70 où Emma vociférait en tête de cortège, on apercevait l'autre fille à ses côtés. Celle des aquarelles. Plus jeune d'une dizaine d'années bien sûr, mais parfaitement reconnaissable...

Au bureau des Affaires Recommandées, en fin

d'après-midi, il avait attendu Boris plus d'une heure pour lui faire part de sa trouvaille. Ça ne menait peut-être à rien, mais ça méritait quand même d'être creusé.

Comme Boris ne revenait décidément pas, il se dit qu'il en avait assez de tourner en rond. La 403 banalisée prise dans le parc de la PJ n'était pas de la toute première jeunesse mais c'était quand même mieux que d'aller à pied. Dans ses chaussures, ses orteils avaient au moins doublé de volume. L'air du soir était presque sucré à force d'être caniculaire. Poisseux et transpirant d'odeurs désagréables.

L'ennui c'est que Emma Bréval avait filé pour une destination inconnue au volant de sa Mercedes 280 noire. Une merveille équipée, à l'arrière, d'un magnétoscope Bétamax, un Sony F1 connecté tout simplement à l'allume-cigares, ainsi qu'un moniteur Pal-Sécam Brandt à écran-couleur de 14 cm de diagonale. Une installation qui transformait l'arrière de la voiture en véritable petit salon vidéo.

— Elle a reçu un coup de fil et elle a disparu en disant qu'elle ne savait pas quand elle rentrerait, expliqua Damien Vernal.

Rose, la bonne, s'était approchée dans le hall d'entrée de l'appartement.

Brichot qui commençait à se dire qu'il s'était excité pour rien sortit quand même de la poche intérieure de sa veste une photo. Par acquit de conscience.

— Vous connaissez cette personne ? questionna-t-il en pointant un visage de son index osseux.

C'était un des clichés de manifs féministes où Emma et l'inconnue des aquarelles avaient été photographiées ensemble en tête de cortège.

— Bien sûr ! s'exclama Rose. C'est Maud...

Damien, le valet de chambre, la regarda, sidéré.

— Maud quoi ? glapit Brichot. Le nom, l'adresse. Vite.

Les deux domestiques avaient brusquement perdu leur langue.

— Vous savez dans quel océan d'emmerdes vous allez plonger si vous vous taisez ? hurla encore Brichot.

Damien Vernal voûta ses épaules de body-builder assidu.

— Maud O'Casey, lâcha-t-il très vite, à voix basse. Saint-Germain-en-Laye...

— Villa *Amphitrite*, compléta précipitamment Rose qui ne voulait pas être en reste. C'est à cette femme que Madame téléphonait régulièrement pour l'héroïne, quand j'étais en manque...

Ils se turent tous les deux, suffoqués de leur presque trahison.

Après tout, Bréval, le patron, était mort, Madame avait filé et la maison n'était plus qu'un bateau ivre...

Et quelque chose leur disait qu'ils allaient devoir chercher très bientôt un nouvel employeur. Alors, il valait mieux collaborer avec la police, non ?

*
**

Josiane, l'une des infirmières de garde, cette nuit, au premier étage du pavillon où Jacques Lecourt avait été hospitalisé, avança dans le couloir en balançant les hanches dans une blouse blanche qui s'arrêtait à mi-cuisses.

Le 231, un cancéreux du foie qui agonisait depuis déjà quinze jours, venait enfin de rendre l'âme. Elle savait bien qu'on est tous destinés à mourir un jour, mais ce genre de fin lui flanquait le bourdon. Surtout qu'elle avait dû, avec Dorothée, une collègue, faire la toilette réglementaire du mort, ce qui n'avait rien de particulièrement joyeux. Et puis, il avait fallu prévenir la famille, l'épouse et les deux enfants, qui allaient arriver d'un instant à l'autre...

Elle se bloqua au milieu du couloir.

Une silhouette gigantesque venait d'apparaître sous la lumière étouffée de l'entrée.

— Qui êtes-vous ? Qu'est-ce que vous voulez ? fit-elle d'une voix où montait une vague inquiétude.

L'autre se rapprochait, oscillant pesamment comme un rhinocéros. Elle eut un haut-le-cœur quand il fut près d'elle. Une face de brute aux yeux très rapprochés qui grimaçait en la regardant.

— Non ! hurla-t-elle. Vous...

La main du monstre s'écrasa sur sa figure. La porte des toilettes était entrouverte et le mastodonte essayait de l'y pousser. Luttant désespérément, Josiane essayait de s'accrocher où elle pouvait. Sa main droite agrippa la veste en synthétique de la brute, y sentit quelque chose de dur et de lourd qu'elle empoigna. L'autre la poussait toujours vers les toilettes, soufflant et grimaçant.

La main de Josiane s'était enfoncée dans la poche de la veste de l'inconnu et se refermait d'instinct sur l'objet qui s'y trouvait. A l'aveuglette. Comme si elle n'avait jamais fait que ça toute sa vie, elle pressa sans le vouloir la queue de détente du 7,65.

Il n'y eut qu'un « plop » étouffé, mais à la contorsion qui tordit la figure du chauve, elle comprit que quelque chose s'était passé. Ce qui l'étonna, ce fut qu'il ne hurla même pas. Rien que des borborygmes sourds de gorille blessé. Des râles de gorge qui n'avaient rien à voir avec une voix normale.

Touché au mollet, le barman de Madame Maud ressentait encore plus de stupéfaction que de douleur.

C'était la seconde fois aujourd'hui qu'il ratait son coup.

Et l'infirmière avait réussi à lui échapper. Maintenant, elle dévalait les escaliers. En hurlant, des trucs du genre : « A l'assassin ! A l'aide ! Au secours ! ». Il se lança en boîtant à sa poursuite.

*
**

Quand il gicla dehors, en bas du pavillon, les phares d'une R 14 étaient en train de grandir dans sa direction. Il sortit son CZ Model 27 et décida de ne pas faire de détail. L'instant d'après, il pleuvait du verre Sécurit un peu partout. La R 14 poursuivit sa route, s'arracha une aile contre l'Estafette. Léo, tout droit, jambes bien écartées comme s'il allait bloquer un ballon de football, continuait à arroser le véhicule. En même temps, il entreprit d'ouvrir de la main gauche la portière de l'estafette.

Un énergumène athlétique venait de jaillir des tôles crevées de la R 14, avait plaqué au sol l'infirmière et commençait lui aussi à cracher des projectiles.

Un peu partout, dans les bâtiments voisins, des lumières s'allumaient. A toute allure, l'hôpital se transformait en champ de bataille.

Léo se dit qu'il en avait assez fait pour aujourd'hui, dans le style ratages en tous genres. Il fit encore tousser plusieurs fois son silencieux et se jeta dans l'Estafette. Il avait laissé la clé de contact engagée. Il la tourna et le moteur ronronna au quart de tour. Quelques projectiles grêlaient sur les tôles du véhicule. Il freina brutalement, vira à l'angle d'un bâtiment, escalada un parterre de rosiers et, traçant allègrement deux sillons bien réguliers sur les pelouses, gagna la grille qui était restée ouverte du côté de la rue Pierre-Larousse.

Les pneus de l'Estafette chantèrent sur le macadam de la chaussée. Il avait au moins réussi à se tirer de l'enfer.

C'était à peu près tout ce qu'il n'avait pas raté aujourd'hui.

*
**

La seule chose qui marchait encore, sur la R 14 banalisée transformée en charpie, c'était le radiotéléphone branché sur la bande des 450 MGH réservée à la police.

— Boris ! éclata la voix lointaine d'Aimé Brichot, ça fait des heures que je te cherche. J'allais partir tout seul.

— Où ? fit Corentin dont la chemise épongeait, côté omoplates, un surplus de sueur dégoulinante.

— Saint-Germain-en-Laye. Chez une certaine Maud O'Casey. Villa *Amphitrite*... On se rejoint là-bas ?

Près de Boris, l'infirmière reprenait son souffle lentement, assise sur un banc écorché par plusieurs impacts de balles perdues. Regard vide, hagard. N'arrivant pas à se faire à l'idée qu'elle était finalement passée saine et sauve entre les gouttes...

— M'étonnerait, souffla Corentin d'une voix hachée. Tu y vas tout seul. Je te rejoins plus tard.

— Non, décida Brichot. J'arrive, Boris. A tout de suite. Maintenant, on ne se quitte plus !

***

De la musique douce montait du rez-de-chaussée de la villa. De temps en temps, au premier, on entendait une porte qui claquait sur un couple parti s'isoler dans une des chambres prévues à cet effet.

— C'est parfait, laissa tomber Maud O'Casey en examinant les documents qu'Emma venait de signer sans la moindre protestation. Comme hypnotisée.

Pourtant, Maud n'avait jamais usé avec elle du moindre sortilège. Elle n'avait rien employé d'autre que le pouvoir qu'elle avait sur elle. Celui « des âmes fortes sur les âmes faibles », comme l'avait expliqué Eleonora Galigaï à ses juges en 1617, lors de son procès en sorcellerie. L'âme faible, à l'époque, c'était Marie de Médicis, dont Eleonora Galigaï avait pendant des années influencé la moindre des décisions.

Mais Galigaï avait été décapitée et brûlée. Madame Maud avait le projet de vivre encore très longtemps. Assez longtemps pour jouir de la fortune des Bréval dont une partie, grâce à ces papiers signés par Emma, était en train de commencer à passer entre ses mains. Portefeuille d'actions et valeurs immobilières en particulier.

— Maud, souffla la veuve du P-DG en levant vers la rousse un regard noyé de passion, laisse-moi t'embrasser.

Maud était immobile, hésitant, regard dur posé sur Emma.

— Déshabille-toi, commanda-t-elle enfin.

La veuve de Bréval ne se le fit pas dire deux fois. Son pantalon puis son slip tombèrent sur la moquette rose vif de la chambre. Elle était presque nue, ses seins lourds jaillissant du chemisier largement ouvert, toison brune bouclant en relief au bas de la courbe douce de son ventre.

— Maud, reprit Emma en l'enveloppant de son regard de folle. Je voudrais tellement que tu m'aimes autant que je t'aime...

Elle s'était approchée, avait saisi la main de la jeune femme et la guidait vers la fôrêt brûlante de son pubis.

— Idiote, siffla Maud. Laisse-moi.

Elle venait de tourner la tête. Nerfs tendus. Pardessus la musique douce des salons, ce bruit précipité et lourd dans l'escalier, elle venait de le reconnaître.

— Idiote qui n'a jamais rien compris, cracha-t-elle encore.

Elle se rua vers la porte de sa chambre. Luttant contre l'envie qui venait de l'envahir brutalement.

Une envie qui ne lui ressemblait pas. Celle de s'effondrer en sanglotant.

Sur le palier, Léo avait la tête d'un rescapé de Boeing 747 tombé en plein vol d'une altitude de dix mille mètres.

— Qu'est-ce qu'il y a? Qu'est-ce qui se passe? gueula Madame Maud.

— Gll... Glll... firent les cordes vocales à jamais bousillées du barman.

Il s'avança en boitant. Elle s'aperçut alors qu'à la hauteur du mollet droit du gorille son pantalon était gluant de sang.

— Imbécile, cracha-t-elle en pigeant tout. Tu vas me le payer.

Elle gifla la brute deux fois, aller et retour. Et c'est seulement après qu'elle comprit l'erreur énorme qu'elle venait de commettre.

Quand Léo se rapprocha d'elle en la saisissant et la soulevant du sol entre ses mains gigantesques un peu à la façon dont King Kong soulève Fay Wray dans le film immortel de Schoedsack et Merian Cooper... La manière dont il lui arracha aussi sa robe noire décolletée ressemblait aussi à celle dont le singe monstrueux déshabille la jeune femme dans la scène à jamais célèbre...

— Non! hurla Maud. Non!

Mais les gifles qu'elle venait de lui balancer avaient détraqué la logique simple et implacable de Léo. Une logique d'obéissance absolue et de respect total. Une soumission aveugle qui reposait sur un sens de la justice très précis. Et ces baffes qu'elle lui avait données, c'était pour Léo le comble de l'injustice.

— Laissez-la! s'était précipitée Emma tandis que le monstre allongeait Maud sur la moquette, couchée à plat ventre, et lui ouvrait les jambes très large...

D'un revers du bras, il faucha Emma Bréval,

l'envoyant s'effondrer à l'autre bout de la pièce, peau de la pommette arrachée et sanguinolente.

Puis il revint à sa proie, ses deux mains énormes posées sur les fesses soyeuses de sa patronne, pouces se rejoignant à l'intersection moite des globes de chair qu'il écartelait. Regardant d'un regard de dément le muscle sombre qui palpitait, élastique, froncé en étoile...

— Non ! lâcha Maud d'une voix plus faible.

Déjà une espèce de massue monstrueuse battait contre sa croupe. L'odeur de sueur suffocante de Léo couché sur elle et l'écrasant avait depuis longtemps triomphé de son parfum. Brusquement il plongea et s'enfonça en elle par secousses, cognant du ventre contre ses fesses avec un bruit de gifle mouillée.

Elle hurla.

En bas, dans les salons, on entendait des petits cris qui ressemblaient très fort à un début de panique. Mais personne, dans la chambre de Maud tapissée de rose saumon, n'était en état d'y réfléchir.

Emma Bréval, affalée au bout de la pièce, regard fixe, avait l'air de cuver une sorte de cuite carabinée.

Quant au « couple » sur la moquette, il était beaucoup trop occupé pour entendre quoi que ce soit.

Surtout Léo dont les petits yeux très rouges pétillaient, allumés par un plaisir infini. Au fond, pensait-il dans ce qui lui restait de cerveau derrière son crâne préhistorique, il avait rêvé de ce moment-là depuis le début. Depuis que Maud l'avait engagé à son service. Il n'avait provisoirement triomphé de ce désir que par une servilité totale et inconditionnelle.

Maintenant, il ahanait sur elle, la travaillant sauvagement au plus profond de ses reins. Mains crochées autour de son cou et la secouant de la nuque à chaque assaut, cherchant à aller encore plus loin, toujours plus loin.

C'est seulement après qu'il se fut libéré en l'inondant de longs jets brûlants qu'il s'aperçut qu'elle était morte.

Visage bleu, totalement cyanosé, Maud O'Casey avait rendu l'âme sous les doigts énormes de Léo qui, à force de la pétrir par le cou frénétiquement pour lui communiquer le rythme de son plaisir, avait fini par l'étrangler.

Les ongles de la jeune femme impeccablement manucurés s'étaient enfoncés dans ses paumes et des filets de sang minuscules coulaient entre ses doigts fermés jusque sur la moquette.

En grognant, Léo se retira lentement, encore raide et droit comme une barre de mine.

Il y avait l'autre fille, là-bas, nue et hagarde. Ce n'était pas parce qu'il venait de jouir qu'il n'était pas capable de recommencer...

Il se releva et, boitillant sur sa jambe blessée, se dandina vers elle.

Il n'entendit même pas la galopade dans l'escalier, ni la porte qui s'ouvrait à toute volée sur deux hommes armés. Un athlète brun taillé en armoire à glace et un chauve maigre et moustache blonde et à regard de myope derrière des lunettes Amor.

Quand il se retourna enfin, ce fut pour faire connaissance avec la gueule noire d'un RMR Spécial Police qui le considérait sans aucune tendresse.

Il hésita, tenté par l'idée de cogner de ses deux poings sur cet inspecteur qui se rapprochait, son arme en avant.

Et puis il renonça. Envahi brusquement d'une immense fatigue. Finalement, la brune hagarde par terre, là-bas, ne le tentait pas autant que Madame Maud.

Il l'avait possédée, et ça personne ne pourrait le lui enlever. Quel que soit son destin, il garderait ce souvenir, la vision de ce viol sauvage à ruminer délicieusement dans sa tête jusqu'à la fin de ses jours.

Brusquement, il se cassa en deux et vomit de la bile sur la moquette de la chambre. La nausée qu'il retenait depuis des heures. Exactement depuis son échec avec le cadavre de David Mordkind, sur la berge des étangs de Saint-Quentin.

*
**

Un peu halluciné, Corentin vira du buste vers Brichot.

— Un muet, jeta-t-il d'une voix hachée. Il ne manquait plus que ça !

Aimé Brichot se relevait lentement, poignet de Maud O'Casey encore entre ses doigts.

— Elle est morte, laissa-t-il tomber d'une voix sourde après avoir constaté qu'elle n'avait plus de pouls.

Il s'approcha d'Emma Bréval, toujours hébétée. Un peu de bave séchée ourlait les commissures de ses lèvres. Une large ecchymose bleuissait sa pommette. Elle avait l'air plongée très profond dans un cauchemar ineffaçable.

— Il n'y a plus qu'elle pour répondre à nos questions, fit-il. Quand elle sera remise du choc.

Boris Corentin ramassa quelques papiers dactylographiés et signés par Emma et les examina rapidement.

— A mon avis, Mémé, on aura déjà pas mal de commencements de réponses avec tout ça, murmura-t-il. J'ai l'impression qu'on tient ce qui nous manquait depuis le début : le mobile...

En bas, quelques inspecteurs envoyés en renfort que des policiers de Saint-Germain-en-Laye commençaient à prendre les identités des clients de Madame Maud. Des identités qui valaient leur poids en millions, en pouvoir, en décorations, en influence... Ça ferait autant de « blancs » qui iraient dormir dans le coffre-fort de Badolini, chef de la Brigade Mondaine. Gardés au frais. Pour le cas où...

Dans les couloirs, les portes s'ouvraient sur des « couples » ahuris. Nus ou déguisés au gré des fantasmes de ceux qui payaient, avec un grand luxe d'imagination dans le travestissement.

Boris soupira. Ce qui commençait maintenant, c'était la paperasserie administrative, les dossiers d'interrogatoires, l'instruction judiciaire, les rapports... Une autre histoire. Leur enquête à eux était terminée. Même s'ils n'avaient pas démêlé tous les fils du piège dans lequel Bréval était tombé. Il était facile de comprendre qu'on s'était mis à beaucoup pour avoir la peau du P-DG de Ravel-Garonne.

Une vraie toile d'araignée au milieu de laquelle avait trôné Madame Maud qui gisait maintenant, nue, écartelée, étranglée par le monstre chauve qui se laissait passer docilement les menottes, regard vide, comme tourné vers l'intérieur de son crâne de gorille muet.

Du fond d'un couloir, une voix stridente éclata soudain. Brichot et Corentin sursautèrent.

— Au pageot ! Au boulot !

Casanova. Le perroquet de Madame Maud.

L'ange gardien des orgies homosexuelles de la villa *Amphitrite*...

***

Gallia entre l'index et le majeur, l'inspecteur divisionnaire Boris Corentin était nu en travers de son lit, téléphone replacé dans son logement, à côté de lui. Il venait d'avoir le commissaire divisionnaire Charlie Badolini au bout du fil et le patron de la Brigade Mondaine, chose extraordinaire, était presque aimable.

Il avait eu aussi Aimé Brichot au bout du fil. Tout réjoui parce qu'il venait d'arracher à Badolini son week-end pour aller voir Jeannette à La Baule.

— Pas un mot sur Emma, naturellement ! avait ironisé Corentin.

— Boris ! Comment as-tu... ? avait lâché Brichot, suffoqué.

— Rien du tout ! pouffa Corentin. Je n'avais rien deviné. Mais puisque c'est toi qui me le dis, Mémé...

Piégé, Brichot lâcha une exclamation de rage au bout du fil.

— J'espère au moins qu'elle t'a laissé de beaux souvenirs, soupira Corentin.

— Tu ne crois pas si bien dire, souffla Brichot d'une voix brusquement rêveuse.

Dans la clinique où elle avait été placée en observation, Emma Bréval commençait à parler après quelques jours de prostration. Et ce qu'elle racontait était extrêmement intéressant. Ça corroborait tout à fait les enregistrements sur cassettes trouvés chez Madame Maud, dans une planque, sous une lame de plancher de la villa passée au peigne fin par les enquêteurs. Une histoire bien édifiante. La mise en scène minutieuse de l'assassinat d'un homme...

Le plus étonnant, c'était que Serge Bréval avait probablement ignoré jusqu'au bout qu'un si grand nombre d'hommes et de femmes avaient voulu sa mort. Et s'étaient finalement unis pour y parvenir...

Du haut de sa puissance financière et politique comme du fond des ténèbres de son existence sexuelle parallèle, il était resté inconscient des haines qu'il avait fait naître autour de lui...

Il avait foncé dans le piège tête baissée. Aveuglé par son propre plaisir...

Ce qu'il y avait aussi d'assez désagréable à penser, c'est qu'Emma allait être seule à payer. Tous les autres étaient morts. Sauf Léo, le barman. Mais lui, c'étaient les psychiatres qui étaient en train de commencer à s'intéresser à lui... Il n'était pas près de répondre de ses crimes devant la justice. D'ailleurs, « répondre » était un mot assez inadéquat en ce qui concernait le muet.

Boris se secoua. Si Badolini était si aimable au téléphone, c'est que l'affaire s'était terminée avec un minimum de casse. Pas de révélations fracassantes côté politique. Le parti auquel appartenait Bréval s'était empressé de le renier hautement et bruyamment, voilà tout.

— J'ai mal à la tête, souffla Corentin en se retournant sur une hanche. Rien qu'à repenser à l'affaire Bréval, je sens monter la migraine...

Une silhouette blonde surgit de la salle de bains attenante à son studio de la rue de Turbigo.

— Tu veux de l'aspirine ? questionna Pauline, l'ex-réceptionniste de l'entrepôt photo-vidéo d'un « artiste » qui s'était appelé Helmbacher.

— Je connais un truc plus rapide pour faire passer la migraine, murmura Boris.

Le nez en trompette de la jeune femme pointa un peu plus dans l'entrebâillement de la porte.

— Quoi donc ?

— Toi, lâcha doucement Corentin.

L'instant d'après, le ventre à la toison blonde presque translucide de Pauline montait et descendait autour de sa virilité dressée accompagnée de halètements de plus en plus violents et Boris oubliait dans la tornade montante du plaisir le monde de fous, de maniaques, d'obsédés et de désaxés qu'il venait une fois de plus de traverser et où il lui faudrait pourtant replonger probablement plus tôt qu'il ne l'imaginait. Comme d'habitude.

L'AMOUR SAUVAGE

Par Martin Connors

Dans les endroits du monde les plus reculés,
là où on ne pénètre qu'au prix de mille dangers,
des êtres pratiquent d'autres rites,
vivent une autre sorte d'Amour.
Un homme et une femme
osent explorer ces lieux interdits.
Ensemble, ils vont percer les derniers secrets de
L'AMOUR SAUVAGE.

Notre Univers, né d'une explosion cosmique, a vu sa vitesse d'expansion stopper. Pire, il commence à se rétracter !

Les étoiles se rapprochent. La Terre est condamnée.

Une folie s'empare alors des peuples qui refusent de participer plus longtemps à un système désormais moribond.

Tout s'arrête.

Vient le temps de l'Après-Civilisation. L'obscurantisme. Le règne de la férocité, de la violence.

Pourtant, il faut bien survivre en attendant la Grande Déflagration.

Enfant, parce qu'il avait la vélocité du Jaguar, on l'a surnommé

JAG

Seul un véritable fauve peut subsister dans cette nouvelle dimension sauvage.

N° 1 : Jag Le Félin
N° 2 : Le collier de la honte
N° 3 : La compagnie des os

* Ce titre est vendu avec le Blade n° 47 *Les deux reines de Drako.*

Achevé d'imprimer en septembre 1985
sur les presses de l'Imprimerie Bussière
à Saint-Amand (Cher)

— N° d'édit. 11353. — N° d'imp. 2097. —
Dépôt légal : octobre 1985

Imprimé en France